탁란

어느 대리부 이야기

탁란, 어느 대리부 이야기

발 행 | 2021 년 1 월 8 일
저 자 | 제이케이
펴낸이 | 한건희
펴낸곳 | 주식회사 부크크
출판사등록 | 2014.07.15(제 2014-16 호)
주 소 | 서울특별시 금천구 가산디지털 1 로 119 SK 트윈타워 A 동 305 호
전 화 | 1670-8316
이메일 | info@bookk.co.kr

ISBN | 979-11-372-3164-1

www.bookk.co.kr

소설

탁란

어느 대리부 이야기

제이케이 지음

Ⅰ. 2020년 봄

1. 석훈, 진경 그리고 윤서

 서른 여섯 살 석훈과 서른 네 살 진경은 결혼 5년 차 맞벌이 부부다. 슬하에는 두 돌이 막 지난 세 살짜리 아들 윤서가 있다.

 석훈은 현재 대기업에 재직 중이며 올해 과장이 되었고, 진경은 중견기업 대리 말년 차로 내년에 과장 승진을 앞두고 있다.

진경은 출산 후 1년간 윤서를 키우고 1년 전에 복직했다.

그녀가 출산으로 인한 공백기를 갖고 다시 회사로 복직하는 것이 쉬운 일은 아니었다.

육아휴직이라는 제도가 있기는 하지만, 육아휴직을 한다면 기존에 진경이 하던 일은 몇 명 되지도 않는 팀원들에게 분배될 것이기 때문이다.

차라리 퇴직을 한다면 결원에 따른 인력 충원을 할 수 있는데, 복직을 할 것이라면 그녀의 자리를 남겨둬야 해서 남은 사람들에게 짐을 지울 수 밖에 없었다.

그나마 진경이 싹싹하고 업무적으로 인정받고 있었기 때문에 그녀가 돌아오길 바라는 몇몇 사람들이 있었고, 덜 눈치 보고 1년이나 아이를 돌볼 수 있었다.

아이를 누군가에게 맡기고 빨리 복직해서 팀원들

에게 나눠진 자신의 일을 다시 가져오거나, 아예 퇴사를 해서 팀원들에게 부담을 덜어주는 것 같은 누군가를 배려할 수 있는 선택을 하기는 매우 어려웠다.

핏덩이 자식을 다른 사람에게 맡기기도 어렵고, 그렇다고 퇴사를 하자니 높은 서울의 물가 수준을 감당하기 위해, 그리고 사랑하는 가족과 머물 보금자리 마련을 위해 포기할 수 없는 벌이의 원천이었다.

최소한 1년 정도는 부모가 아이를 직접 키워야 한다는 석훈과 진경의 의지가 실현되고 진경은 일터로 돌아왔다.

축하와 환영, 미움과 원망이 혼재한 그 복직 첫날부터 진경의 엄마 경숙이 매일 석훈의 집에 와 윤서를 돌보고 있다.

'띠띠띠띠 띠로리~'

아침 8시, 경숙이 석훈의 집에 도착했다. 매일 1분도 늦지 않고 제시간에 온다. 자신이 조금이라도 늦게 온다면, 진경이 여러모로 곤란해진다는 것을 잘 알고 있다.

"엄마, 윤서 점심에 잊지 말고 감기약 챙겨주고, 오늘 나는 일이 많아서 야근해야 할 거 같은데 많이 늦을 거 같아.

윤서 아빠 일찍 올 거니까 윤서 아빠 오면 나 기다리지 말고 일찍 가."

출근이 이른 석훈은 이미 집을 나선 후이고, 진경이 경숙에게 꼭 필요한 전달 사항만 전한 뒤 급하게 집을 나섰다.

감기를 거의 매달 한 번씩 달고 사는 윤서의 감기약부터 배변 뒤처리, 식사, 낮잠까지 온전히 경숙의 몫이 됐다.

경숙은 진경을 훌륭한 사회의 일원으로 키워냈다.

진경은 서울에 4년제 대학에도 입학했고, 사람들이 부러워할만한 회사에 취업도 했다. 그리고 좋은 남자와 결혼도 했으며, 시댁에서 그렇게 바라는 아들도 낳았다.

그런 그녀의 뒤에는 늘 경숙이 있었다. 그리고 끝날 줄 알았던 경숙의 의무는 손자의 양육으로 끝없이 이어지고 있었다.

진경이 복직한 지 2년 차.

스마트폰을 손에 쥔 채 그것을 찾고 있는 자신을 발견하며 아이를 낳은 건지 뇌를 낳은 건지 헷갈리는 상황을 자주 경험하지만, 회사에서는 또 신기하게 문제없이 일을 해나가고 있다.

경숙이 아프거나 급한 일이 있을 땐, 석훈과 진경이 번갈아 휴가를 내며 아이를 본다. 그렇게 석훈과 진경은 육아와 사회생활의 경계에서 아슬아슬하게 삶을 버텨 나가고 있었다.

겨울이 막 지나간 약간은 쌀쌀한 초봄.

앞으로 두꺼운 외투는 이제 더 이상 입지 않아도 될 것만 같이 느껴졌던 금요일 오후, 경숙은 진경에게 전화를 걸었다. 매주 반복되는 내용의 통화다.

"오늘 윤서 늦게까지 봐줄 테니 김 서방이랑 저녁이나 먹고 와."

평일 낮의 육아는 경숙이 하지만 그 시간에 회사에서 시달리는 것도 육아와 견줄만한 스트레스라는 것을 잘 아는 친정 엄마의 배려다.

오랜만에 남편과 데이트도 하고 싶고 힘들게 일주일을 버틴 것에 대한 보상도 받고 싶은 진경이지만, 하루 종일 자신을 기다렸을 윤서한테 미안하고 또 하루 종일 윤서에게 시달렸을 경숙에게도 미안해 쉽게 알겠다는 대답을 할 수 없었다.

진경이 알아서 경숙의 제안을 거절하려 했지만,

혹시 석훈에게도 휴식과 여유가 필요할까 선택의
공을 넘겨 보기로 했다.

　"엄마가 오늘 늦게까지 윤서 봐준다고 오빠랑
맛있는 저녁 먹고 오라고 했는데, 간단히 저녁이
나 먹고 갈까?"

　"장모님 좀 쉬셔야 할 것 같긴 한데, 다음 주에
휴일 있으니까 딱 밥만 먹고 들어갈까?"

　석훈도 진경의 마음을 모르지 않지만, 이번 주가
회사에서 가장 바쁜 시즌이었고 그 바쁜 일주일을
마무리 한 금요일이라는 설렘을 조금 더 만끽하고
싶었다.

　그리고 무엇보다 매번 장모님의 배려를 거절해
왔는데, 너무 거절하는 것도 예의가 아니라는 핑
계를 대고 싶은 맥주 한 잔이 간절한 날이었다.

　그렇게 석훈과 진경은 몇 달 만에 하는지 모르겠
는 짧은 데이트를 하기로 했다.

저녁은 청계천변에 있는 브런치 카페에서 해결하기로 했다. 연애할 때 자주 가던 곳인데 정말 오랜만에 와서 그런지 웨이팅도 즐거운 둘이었다.

메뉴는 리코타 치즈 샐러드와 파니니, 오늘의 스프로 정했다. 맥주는 팔지 않아 아쉬웠지만, 신혼 때 그리고 연애할 때 기분을 내보고자 선택한 곳이었다.

치킨에 맥주를 먹고 싶었던 석훈의 의사보다 함께 한 추억까지 되살리고 싶었던 진경의 의지가 적극적으로 반영되었다.

저녁을 다 먹고 청계천 산책도 하고 싶고 분위기 좋은 카페에 가서 차도 한잔 마시고 싶었지만, 아이도, 경숙도 마음에 걸려 빨리 집에 돌아가기로 했다.

'윤서 잠들었으니 천천히 와.'

저녁을 다 먹고 집에 돌아가려던 차에 경숙으로

부터 메시지가 왔다.

아이가 잠들었다는 경숙의 메시지에 진경은 마음이 찡하다.

자기 전에 잘 자라고 안아 주지도 못하고 뽀뽀도 못해 줬는데, 엄마 없이 잠이 들게 했다는 죄책감이 들었다.

그리고 아이가 9시도 되기 전에 잠이 들 정도로 온종일 모든 에너지를 쏟으며 놀았던 만큼, 경숙이 매우 힘들었을 거라는 걸 알기에 미안한 감정까지 복합적으로 왔다.

진경은 윤서를 재우고 전기요금 아낀다며 불 끈 거실에서 혼자 TV를 보고 있을 경숙을 생각하니, 더더욱 남은 금요일을 즐길 수가 없었다.

천천히 오라는 메시지를 받을수록 더욱 서두르게 되는 것은 일방적이고 절대적인 사랑과 배려에 대한 인지와 응답일 것이다.

석훈도 진경의 마음을 읽고 길을 재촉했다.

"장모님도 빨리 집에 가서 쉬셔야지. 우리가 늦게 가면 장모님도 집에 너무 늦게 들어가시겠다.

우리도 이제 그만 들어가자. 윤서 보고 싶다!"

아쉬운 마음과 왠지 모르게 석훈에게 미안한 마음을 가진 채 집에 도착하니 9시 30분이 조금 안 됐다.

"엄마, 늦었는데 자고 아침에 갈래?"

석훈의 집은 서울 동대문, 경숙의 집은 경기도 부천이다.

전철로 1시간은 가야하고 내려서 마을버스도 타야 하지만, 경숙은 주말 아침에 딸과 사위가 편히 늦잠 자라고, 남은 금요일 저녁 편히 쉬라고 서둘러 딸의 집을 나섰다.

경숙이 떠나고 미안함만 한가득 남은 집에서의

외로운 정적은 금방 사라졌다.

석훈과 진경은 서둘러 일주일의 피로를 씻어낸 후 소파에 앉았다. 피곤하지만 그냥 자버릴 수 없는 아까운 금요일 밤이었다.

씻고, 정리하고, 치울 것 치우고 소파에 앉은 시간은 10시 30분.

"나 오늘 11시에 꼭 봐야할 프로그램 있어. 그거 꼭 볼 거야."

진경이 무엇을 봐야 하는지는 모르겠지만, 11시부터는 자신에게 TV 채널 선택권이 없다는 것을 깨달은 석훈은 진경이 쥐고 있는 리모컨을 재빨리 빼앗았다.

"그러면 앞으로 30분간은 내가 보고 싶은 거 볼 테니까 아무 말 말고 봐야 해!

그리고 혼자 보면 재미없으니까 딴 짓 하지 말고 같이 보기!"

자연스럽게 석훈이 자연 다큐로 채널을 돌렸다. 자주 보는 채널인 듯 외워서 번호를 눌렀다.

오늘 소개되는 내용은 뻐꾸기의 삶에 관한 것이었다. 주제를 확인한 석훈이 입을 뗐다.

"뻐꾸기는 자기 둥지 말고 남의 둥지에 알을 낳는 거 알아?"

"정말? 그러다 둥지 주인이 알을 다 깨 버리면 어쩌려고?"

석훈이 진경의 질문에 대한 답을 하기도 전에 프로그램의 해설자가 자세한 설명을 시작했다.

'뻐꾸기는 남의 둥지에 알을 낳는 탁란(托卵)을 한다. 이 어미 뻐꾸기는 붉은 머리 오목눈이, 우리가 흔히 부르는 뱁새가 외출한 틈을 타 그 둥지에 알을 낳았다.

둥지에는 이미 붉은 머리 오목눈이의 알 세 개가 있다. 알의 크기 차이가 확연하다.'

얼마 후 뻐꾸기의 알이 가장 먼저 부화했다.

털도 다 자라지 못한 채 갓 알에서 부화한 새끼 뻐꾸기는 아직 부화하지 못한 붉은 머리 오목눈이의 알을 둥지 밖으로 밀어냈다.

몸집이 큰 새끼 뻐꾸기가 머물기에는 둥지가 비좁았던 것인지, 아니면 자신만의 생존을 위해 먹이 경쟁 관계에 있는 새끼 붉은 머리 오목눈이를 사전에 제거하는 것인지 정확한 이유는 모르지만, 본능적으로 새끼 뻐꾸기는 자신이 생존하기 가장 좋은 조건을 만들어 내고 있었다.

운 좋게 새끼 붉은 머리 오목눈이가 부화하더라도 선천적으로 큰 몸집을 가진 뻐꾸기의 상대가 되지는 못했다. 새끼 뻐꾸기는 갓 부화한 새끼 붉은 머리 오목눈이를 무자비하게 둥지 밑으로 떨어뜨렸다.

둥지에서 떨어진 알은 깨져 버렸고, 바닥에 떨어진 새끼는 목숨이 붙어있는 채로 개미 떼들에 의해 비극을 맞았다.

붉은 머리 오목눈이는 새끼 뻐꾸기가 자신의 새
끼들을 다 죽게 만든 것도 모르고 열심히 먹이를
물어다 날랐다.

있던 알이 없어진 것도, 후에 부화한 새끼가 없
어진 것도 마치 알고 있는 것 같았지만, 약육강식
의 세계를 자연스럽게 받아들이는 듯, 둥지를 이
탈한 알이나 새끼들을 찾거나 구하지는 않았다.

그 무지(無知)의 헌신 덕분에 어느 순간부터 새
끼 뻐꾸기의 몸집은 어미 붉은 머리 오목눈이의
몸집보다도 훨씬 커져 버렸고, 한참의 시간이 더
흐르고 나서야 그 커다란 새끼는 스스로 날아서
둥지를 떠났다.

"붉은 머리 오목눈이가 자기보다도 훨씬 큰 새
끼 뻐꾸기를 자기 자식이라 믿고 키우는 게 신기
하지 않아? 그냥 멍청해서 자기 새끼도 못 알아보
는 건가?"

자연 다큐를 별로 좋아하지 않는 진경에게 관심을 유도해 보고자 석훈이 말을 건넸다.

"어미 뻐꾸기가 자기 둥지에 알 낳고 간 모습을 못 봤잖아. 자기 둥지에 있는 알이니까 생긴 게 어떻든 자기 알이라 믿고 최선을 다해서 기르는 거겠지."

진지한 답을 기대한 질문은 아니었는데, 모성애가 반영된 답변을 듣고 나니 한 번에 이해가 됐다.

'사람도 그럴까?' 라는 말이 석훈의 입 밖으로 나오기 전에 11시 만을 기다린 진경이 재빨리 리모컨을 낚아챘다.

"11시다! 이제 재미있는 거 보자!"

거실 분위기는 순식간에 경외감과 진지함에서 경쾌함과 가벼움으로 바뀌었다.

2. 궁금한 그녀의 이야기

또 몇 번의 힘들었던 주중의 일상이 지나가고 맞이한 어느 토요일 아침이다.

최근 맡은 프로젝트의 어려움으로 인해 벌써부터 다음 주 월요일 출근이 속상한 진경과 오늘은 또 뭘 하고 윤서와 놀아줘야 하는지 고민하는 석훈이다.

석훈과 진경은 주중에 하루 종일 엄마, 아빠와 떨어져 시간을 보내는 윤서가 불쌍하고 안타까워서 주말만큼은 윤서와 알차게 시간을 보내고 싶었다.

 그래서 주말만 되면 평일에 하지 못한 집안일과 윤서와 시간을 보내는 일을 집중적으로 한다.

 특히 세 살이 된 이후로는 집에 있기 싫어하고 지루해하는 윤서 덕분에 주말만큼은 아침 일찍 집안일을 하고 온 가족이 하루 종일 밖에 나가는 게 일이다.

 어쩌면 주중보다 힘든 주말이다.

 지난주는 아쿠아리움과 서울숲 공원, 그 전 주는 대형 키즈 카페와 공룡 박물관, 이번 주는 동물원과 인근 지자체 어린이 테마파크다. 하루에 한군데씩 가서 토요일, 일요일을 보내고 나면, 소중한 주말이 쏜살같이 금방 지나가 버린다.

윤서가 태어난 후 많은 곳을 가 보았지만, 특히 석훈은 동물원 가는 것을 좋아한다. 서울 인근에 갈 수 있는 동물원은 벌써 몇 번이나 다녀왔다.

결혼하기 전부터 아이가 태어나면 같이 동물원에 가는 게 로망이었던 석훈에게 동물원 나들이는 이제 매우 익숙한 주말의 일상이다.

아빠를 닮아서인지 윤서도 동물을 좋아한다. 이제 말을 막 시작하려는 작은 아이가 동물들을 가리키며 내뱉는 소리에 석훈과 진경은 한없는 감동을 느낀다.

오전 11시에 동물원에 가서 윤서가 좋아하는 기린과 코뿔소를 보고, 중간에 유모차에서 낮잠도 재우고 저녁까지 먹은 후 늦게 집으로 돌아왔다.

석훈은 차에서 잠든 윤서를 안아 집으로 옮겨 침대에 뉘었다. 그리고는 가만히 잠든 윤서를 한동안 지그시 바라보며 생각에 잠겼다.

내 아이라는 것 자체만으로 예쁘고 사랑스러운 아이가 자는 모습에서 자신의 얼굴이 보인다는 것에 신기함을 느꼈다.

울기 시작하면 한없이 힘들고 생떼라도 부릴 때는 엉덩이라도 한 대 때려주고 싶을 만큼 밉지만, 미소 한 번에 하루의 고단함이 녹아 내리고 웃음소리 한 번에 힘이 나게 만드는 존재.

석훈은 자신의 아버지도 잠든 자신을 보고 느끼셨을 감정을 이제서야 느껴보며, 표현할 수 없는 복잡한 감정을 느꼈다.

석훈이 조용히 방을 나왔다.

그렇게 석훈과 진경에게도 빠른 자유시간이 찾아왔다. 낮에 열심히 놀아준 것에 대한 상을 받는 느낌이다.

"아... 오늘 진짜 힘들었는데, 윤서가 일찍 잠들어서 다행이다. 맥주나 한 잔 할까?"

하루를 아름답게 마무리하고자 석훈이 진경에게 맥주를 권했다.

석훈은 밤에 뭘 잘 먹지 않는 진경에게 Light 맥주를 건네고, 자신은 칭다오 맥주를 집어 들고는 TV를 마주보고 있는 소파로 향했다.

"윤서 말이야. 요즘 너무 예쁘지? 이제 말 하려는지 이리 저리 내뱉는 소리들이 너무 예뻐."

윤서를 바라보며 들었던 생각과 감동에서 벗어나지 못한 석훈이 진경에게 말했다.

"그럼, 너무 예쁘지. 이제 말하기 시작하면 더 예쁠 걸?"

석훈은 지금보다 더 예쁜 윤서가 어떤 모습일지 상상하며, 더할 나위 없는 행복을 느꼈다.

결혼 5년차, 석훈은 성인이 된 이후부터 빨리 결혼해서 빨리 아이도 낳고 자신만의 가정을 꾸리고 싶었지만, 아이만은 쉽사리 얻어지지 않았다.

결혼 후 한 번도 피임을 하지 않았는데도 1년간 임신이 되지 않았고, 1년 후 겨우 찾아온 아이도 착상 후 더 이상 자라지 않는 계류 유산으로 인해 심장 소리 한 번 듣지 못한 채 보내야만 했다.

의사는 계류 유산이 다섯 명 중 한 명 꼴로 겪는 흔한 일이라며 다시 준비하면 된다고 둘을 위로했으나, 왜 하필 자신이 그 다섯 명 중에 한 명이어야 했는지 세상을 원망했던 시기도 있었다.

생리가 규칙적이던 진경이 조금만 생리를 늦게 해도 서로에게 티 내지 않고 기대했다가 생리가 시작되면 티 내지 않고 실망했던 여러 날들이 지나고 얻은 아이가 벌써 세 살이 됐다.

그 둘은 하루하루 감사하며 행복한 나날을 보내는 중이었다.

먼저 소파에 앉아 리모컨을 쥐고 있던 진경이 습관적으로 볼만한 프로그램을 찾기 시작했다.

채널을 돌리다 보니 평소에 자주 보던 시사교양 프로그램이 나오고 있었다.

이미 프로그램이 시작한 지 시간이 꽤 지나 거의 끝을 향해 가고 있었지만, 아이를 키우는 부부의 관심을 끌만한 주제가 나와 그것을 보기로 했다.

프로그램의 MC는 초등학교에 가야 할 나이가 된 남자아이의 갑작스러운 실종에 관한 이야기를 전해 주었다.

집 근처에서 갑작스럽게 사라진 아이. 그 아이를 찾는 엄마가 울면서 인터뷰를 하는 장면이 이어서 나왔다.

올해 여덟 살이 된 아이 이준서.

석훈은 윤서를 떠올리며 그녀에게 감정 이입이 됐고 그 프로그램에 급격히 빠져들었다.

자신이 같은 입장이라면 어떤 심정일지 생각하는 것조차 끔찍한 상황을 온 마음으로 느끼며 TV를 시청하고 있는데, 어느 순간부터 울면서 인터뷰하는 엄마의 얼굴이 왠지 낯설지 않게 느껴졌다.

어디선가 본 얼굴이고 아는 사람인 것 같았지만, 정확히 누군지는 기억나지 않는 조금은 답답한 상황이었다.

'김소연(41) - 엄마'

화면에 이름과 나이가 나왔지만, 아주 흔한 이름임에도 전혀 기억이 나질 않았다.

정면에서 볼 때는 잘 안 보이지만, 측면에서는 잘 보이는 왼쪽 뺨 끝에 있는 큰 점이 분명 자신이 아는 사람이었다.

'누구지? 대학 때 수업 같이 들었던 사람인가? 아닌데, 몇 번쯤 봤던 거래처 사람인가?'

남자 중학교와 남자 고등학교를 졸업한 서른 여섯 살의 석훈은 마흔 한 살의 여자 김소연 씨와의 교집합이 무엇인지 도무지 생각나지 않았다.

아이의 특징이 어떤지, 어떻게 아이를 잃어버렸는지 등의 인터뷰가 끝나고 아이 사진이 화면에 나오며 실종 당시 상황이 묘사되었다.

실종된 아이를 찾기 위해 부모가 언론에 공개한 사진에는 아이의 슬픈 표정만 한 가득 담겨 있었다.

석훈은 준서의 부모가 일부러 아이의 특징이 잘 나타난 사진을 고르려고 너무 활짝 웃거나 예쁘게만 나온 사진은 피한 것이라고 생각했다.

석훈도 아이를 키우는 입장이기에 할 수 있는 생각이었고, 그런 준서 부모의 생각이 충분히 공감되었다.

클로즈업 된 준서의 얼굴이 반복되어 나오자 그 아이도 왠지 모르게 낯설지 않았다. 묘하게 석훈이 아는 누군가를 닮은 얼굴이었다.

석훈이 그 모자(母子)에 대한 기억을 더듬고 있

을 때, 심각하게 같이 TV를 보고 있던 진경이 입을 뗐다.

"에구... 우리 윤서 여덟 살 되면 딱 저런 모습일 텐데, 내가 다 마음이 아프다. 부모는 얼마나 속이 미어질까?"

정적을 깨는 갑작스러운 진경의 말에 석훈의 기억이 살아났다.

'아...!'

II. 2012년 가을

1. 대학생 김석훈

석훈이 스물 여덟 살 되던 2012년, 취업을 위해 막바지로 동분서주하던 대학 4학년 2학기 가을이었다.

가을이라고 하기에는 낮에 덥고, 가을이 아니라고 하기에는 밤에 쌀쌀함이 느껴지는 애매한 시기인 것이 꼭 학생과 사회인의 경계에서 사회로 나아갈 듯 못 나아가고 있는 석훈의 모습과 닮아 있었다.

 석훈에게는 본격적으로 추워질 때까지 자신의 미
래를 결론짓지 못하면 안 된다는 조바심이 극에
달해 있을 때였다.

 석훈은 4학년이 되자마자 시작된 취업 레이스에
인턴을 포함한 수십 개의 입사 원서를 넣었지만
좋은 소식은 없었다.

 면접의 기회조차 얻지 못한 서류 탈락이 수십 번
이고, 겨우 몇 번 얻게 된 최종 면접에서 떨어진
것만 세 번째.

 지방에서 수재 소리 들으면서 서울로 대학에 진
학해 지금까지 열심히 살았다고 자부하지만, 결정
되지 않은 미래에 불안에 떨던 평범한 학생이었다.

 석훈의 집안 환경은 여유롭지 못했다. 석훈의 부
모님은 작은 식당을 운영하셨고, 동생들도 있어
석훈에게만 지원해 줄 수 있는 상황이 아니었다.

부모님께서 대학 등록금을 일부 지원해 주시긴 하지만, 그것조차 죄송한 마음에 대학 입학 때부터 석훈은 안 해 본 아르바이트가 없다. 고액 과외부터 최저 시급 편의점 아르바이트까지.

석훈은 학기 중에도 하루에 몇 시간씩, 방학이면 거의 하루 종일 경제 활동을 했지만, 사회생활을 시작도 하기 전에 대학 학자금으로 인한 대출금이 1,000만 원 넘게 남아 있었다.

"당구나 한 게임 칠까?"

대학교 1학년 때부터 친했고, 군대도 동반 입대로 같이 다녀온 대학 동기 원준이 수업이 끝나자 당구 한 게임을 청한다.

"이길 자신은 있고?"

아르바이트를 하러 가야 하는 석훈이 태평하게 당구를 치자는 원준에게 뼈 있는 대꾸를 했다.

"나 아르바이트 하러 가야 돼.

요즘 과외는 잘 구해지지도 않고, 5천 원도 안 되는 시급으로 오후 내내 일을 해도 빚이 줄질 않는다.

아르바이트 끝나면 자기소개서도 써야 하고...”

석훈은 괜히 한 번 쏘아붙인 것에 대한 미안한 마음과 답답한 현실에 푸념을 늘어놓았지만, 마음은 더 답답해졌다.

원준은 석훈과 같이 지방에서 올라온 공통점을 가지고 1학년 때부터 친했던 동기지만, 부유한 집 안에서 태어나 4년 치 학비와 원룸 월세 걱정 없이 학교에 다닐 수 있는 친구였다. 석훈과는 환경이 조금 많이 달랐다.

석훈의 사정을 알기에 자신의 용돈을 기꺼이 잘 써 주는 고마운 친구지만, 어떨 때 석훈의 속도 모르는 철없는 소리를 잘하는 친구이기도 하다.

그 말을 들은 원준이 한마디 한다.

"석훈아, 시급 5만 원짜리 아르바이트 하나 알려줄까?"

"진짜? 뭔데? 마약 운반 이런 거 아냐?"

석훈은 믿을 수 없었다.

"병원에 정자 기증하면 교통비 명목으로 돈 주는 거 알아? 많이 주는 데는 한 번에 10만 원씩 준다더라.

병원 왕복하는 시간이랑 자위하는 시간 합쳐서 2시간이면 충분하고, 그렇게 따지면 시급이 5만 원이야."

10만 원은 석훈이 지금 일하는 편의점에서 20시간 넘게 일해야 벌 수 있는 큰돈이었다. 마약 운반 같은 불법도 아니고, 공사장 아르바이트처럼 몸이 힘든 것도 아니었다. 그런데 솔깃하기는 하지만 선뜻 마음이 가지 않았다.

진지한 표정의 석훈을 보며 원준이 한마디 더 보

탠다.

"정자 기증하면 활동성 검사도 해 주고, 또 뭐라더라. 기증 조건도 굉장히 까다로워서 온갖 검사 다 해서 통보도 해 준다고 하더라고. 그리고 무엇보다 불임 부부에게 좋은 일 하는 거잖아."

원준이 천성이 착한 친구라는 것은 알지만, 그렇다고 평소에 공익에 기여하고 남을 돕는 것을 좋아하는 친구가 아니라는 것도, 10만 원의 용돈이 급히 필요한 친구가 아니라는 것도 석훈은 잘 알고 있기에 원준이 왜 저런 내용을 자세히 알고 있는지 궁금했다.

원준이 계속해서 말을 잇는다.

"이거랑 비슷하긴 한데, 이것보다 훨씬 더 조건이 좋은 것도 있다?"

진지하게 원준의 말을 듣고는 있었지만, 자신이 할 수 없는 일이라고 단정지어버린 석훈은 계속

저런 이야기를 듣고 있어야 하나 싶었다.

학업과 취업, 아르바이트까지 해야 하는 석훈에게 마음에서 우러난 기증도 아니고 자신의 일부를 돈 받고 파는 것 같다는 느낌을 지울 수가 없었다.

"대리부라고... 대리모라는 말은 들어봤지? 남자도 대리부 같은 게 있는데, 어떤 유전자를 갖고 있느냐에 따라 수백만 원까지 준다고 하더라.

그리고 합법적인 건 아니지만 이해관계자 모두의 동의를 받고 유부녀를 임신시킬 수 있지. 생각만 해도 완전 흥분되지 않냐?"

이 말로 원준이 왜 정자 기증과 관련된 내용을 자세히 알고 있는지를 이해할 수 있었다.

석훈은 원준의 특이한 성적 판타지를 이해하는 문제를 떠나 수백만 원이라는 말에 순간 마음이 흔들렸다.

"취향 참 특이하네."

실없는 소리 하지 말라는 듯 대답은 했지만 생각해 볼 만했다.

남편이 있는 누군가와 자는 건 그동안 전혀 생각해 본 적도 없고 원하는 바도 아니지만, 수백만 원이라는 큰돈은 탐이 났다.

눈 딱 감고 사랑하지 않는 누군가와 관계 몇 번만 하면 취업도 못한 자신이 가진 모든 빚을 청산할 수 있고, 거기에 더해 평생 고생만 하신 부모님께 가게 월세에 보태라고 목돈도 드릴 수 있었다.

불법적이고 비윤리적인 수단임에도, 석훈은 돈이 절실하다는 처지 때문에 불임 부부를 돕는다는 명분을 앞세워 스스로를 설득하고 싶었다.

"난 그런 취향 아니거든? 쓸데없는 소리 그만해. 나 아르바이트 가야 해."

석훈이 의식적으로 거절의 대답을 하고 자리를 뜨려 하자 원준이 결정타를 날린다.

"우리 정도 학벌이면 그래도 명문대 축에 속하고, 넌 키도 큰데다 술, 담배도 안 하니까 진짜 비싸게 팔릴 걸? 같이 해 보자!"

'비싸게 팔려?'

석훈은 하겠다고 결정한 것도 아닌데 벌써 자신이 상품화가 된 것 같아 매우 언짢았지만, 그 말은 반대로 말하면 키 작고, 술, 담배 하는 원준은 자신보다 훨씬 낮은 값어치로 매겨진다는 뜻이었다.

원준이 자신의 친한 친구지만, 늘 당당하고 여유로운 태도를 지닌 원준에게 마음속 깊은 곳에서 자격지심을 갖고 있던 것도 사실이었다.

석훈은 자신이 원준보다 나은 값어치로 평가받을 수 있다는 것이 내심 나쁘지 않았다.

"하긴 내가 너보다 키 10㎝는 크니까 훨씬 비싼 건 맞겠다.

지금은 아르바이트 가야 하니까 나중에 다시 얘기하자. 끝나면 너희 집으로 갈게. 나는 안 해도 너 어떻게 하는지 보고 싶기는 하다."

아르바이트를 하는 내내 원준의 말이 석훈의 머릿속에 맴돌았다.

편의점 매대에 물건을 정리하면서도, 그리고 손님에게 계산을 해 주면서도 손쉽게 돈 벌 수 있는 그것과 이 노동의 가치가 순간순간 비교되었다.

재고 정리를 하면서 무거운 상자에 검지를 찧었다.

"아우, 씨발!"

찧은 손가락을 입술로 물기도 하고 흔들기도 하면서 온몸으로 아픔을 표출했다.

처음 편의점 아르바이트를 했을 때도 찧어 보지 않았던 손이다. 온통 딴생각을 하다 보니 탈이 난 것이다.

석훈은 결정의 순간이 왔음을 직감했다.

아르바이트가 끝나 갈 때쯤. 석훈은 대략 어느 정도나 받을 수 있는지 한 번 알아보고 싶다는 호기심이 생겼다. 생겨난 호기심은 편의점 문밖을 나서자 그것을 꼭 해야겠다는 의지로 변했다.

석훈은 곧바로 원준의 원룸으로 향했다. 오늘 쓰기로 한 자기소개서는 못 쓸 수도 있게 됐다.

'딩동, 딩동'

원준이 기다렸다는 듯 바로 문을 열고, 컴퓨터 앞으로 석훈을 끌고 갔다. 모니터에는 정자를 거래할 수 있는 인터넷 사이트가 열려 있었다.

원준이 몇 시간 동안 여러 글들을 보며, 이 시장에서의 추세나 적정한 가격 등을 분석했던 것 같왔다.

화면에는 많은 대리부 지원자들이 자신의 유전자를 어필하는 문구와 바라는 액수를 적은 글들이 보여지고 있었다.

'20 대 중반/지방 국립대/비흡연/키 175㎝/선금 50 만 원, 임신 확인 시 100 만 원/자연임신 원함'

'자연임신 원함?'

이게 주목적은 아닌가 싶을 정도로 모든 글에 이 조건이 붙어 있었다. 마치 이 사이트의 글 작성 규칙인 것만 같았다.

한편으로 생각해 보니 불법이라고 하는 대리부 행위를 병원 같은 공적인 기관에서 하는 것도 이상할 것 같다는 생각이 들었고, 정자 기증자를 병원에 데리고 가서 그 사람의 정자를 자신의 난자와 수정시켜서 착상시켜 달라는 요구가 가능한 것인지도 의문이었다.

"우리가 조건이 훨씬 나으니까 저거보다 훨씬 많이 불러도 되겠어."

이런 글을 처음 접한 석훈이 어안이 벙벙한 사이, 석훈을 기다리며 분석을 해 온 원준이 그와 석훈의 정자에 대한 적정 가격을 도출해 냈다.

'20 대 후반/서울 명문대/키 174㎝/선금 100 만 원, 사후 100 만 원/자연임신 원함'

원준은 자신의 가치를 200 만 원으로 정했고, 비흡연에 키 185㎝ 인 석훈에게는 300 만 원이라는 가격표를 붙여 주었다.

"400 만 원으로 해 줘. 선금 100 만 원, 사후 300 만 원."

석훈의 말에 원준이 깜짝 놀랐다.

"안 할라고?"

"180㎝ 넘는 키가 흔해? 난 그냥 180㎝ 도 아니고 185㎝인 데다가 담배도 안 피우고 술도 안 마신 지 꽤 돼서 얼마나 애들이 싱싱한데. 난 그 정도는 받아야겠어."

원준과의 가격 차이가 100만 원 밖에 나지 않는 것이 성에 차지 않은 석훈이었다.

석훈은 원준의 원룸으로 오는 길에 싼값에는 그것을 하지 않기로 마음먹었고, 기왕 양심에 찔리는 행동을 하는 마당에 가격을 정할 수 있다면 자신에게 늘 자격지심을 갖게 하던 원준의 값어치보다 두 배는 받아야겠다는 기준을 세우고 온 것이다.

어차피 불법이라는 것이 안 그래도 찜찜했던 차에 거래가 성사되면 좋지만 안돼도 그만이었다.

"에이, 여기 목록을 봐라 400만 원짜리가 있나. 이건 안 하겠다는 거지."

원준은 석훈의 의도를 아는지 모르는지, 자신의

거래만 성사될까 불안했다. 혼자 나쁜 짓 하는 것에 대한 부담일 것이다.

"안 되면 할 수 없고. 어서 올려 집에 가게. 내일 또 새벽에 일어나서 아르바이트 가야 해.

오늘 자기소개서 쓰려고 했는데 도저히 피곤해서 못 쓰겠다. 뭐, 어차피 써도 서류 탈락이겠지만..."

석훈은 쿨하게 원준의 원룸을 나왔지만, 그래도 내심 거래가 됐으면 좋겠다고 생각했다.

돈도 돈이지만 이번 기회에 원준에 대한 자격지심을 어떻게든 극복하고 싶었다.

며칠 지나지 않아 연락은 석훈에게 먼저 왔다.

2. 두 아버지의 만남

글을 올린 날부터 석훈은 틈날 때마다 메일을 확인했다.

글을 남길 당시 잘 쓰지 않는 이메일 주소를 연락처로 남겼고, 5년 만에 열어보는 메일함에는 온갖 스팸 메일이 가득했다.

수백 개의 메일들 중 맨 윗줄에 '대리... 관련'

이라는 제목의 메일이 있었다.

석훈이 불법인 행동을 하는 것에 대한 불안감에 잘 쓰지 않는 이메일 주소를 적어놓은 것처럼, 의뢰인도 같은 마음에서인지 제목이 정직하지도 정확하지도 못했다.

하마터면 대리운전 관련 스팸 메일인 줄 알고 휴지통으로 보낼 뻔했지만, 얼굴 한 번 보지 못한 발신인 이서진 씨가 적은 솔직하지 못한 제목이 석훈은 내심 고마웠다.

메일에는 서진의 연락처와 서진이 확인하고자 하는 서류 리스트가 적혀 있었다.

석훈이 준비해야 할 서류는 건강 검진 자료, 재학 중인 대학교 재학 증명서, 성적 증명서 등 석훈이 사이트에 적어 놓은 것을 증명할 수 있는 모든 것이었다.

'역시 돈 버는 게 쉬운 건 아니구나.'

석훈은 입대할 때 신검을 받은 이후 몇 년 만에 큰돈을 들여 건강 검진을 받았다.

"건강 검진 비용은 먼저 달라고 해야 하는 거 아니냐? 한두 푼도 아니고."

아직 연락을 받지 못한 원준이 참견했다.

하지만 자기 몸 건강 검진 하는 것이고, 거래가 성사되지도 않았는데 그 비용까지 요구하기는 마음에 걸렸다.

얼마 후, 건강 검진 결과가 이상 없음을 확인한 석훈은 서진에게 연락해 건강상 문제가 없음을 전달했고, 바로 다음 날 만나기로 약속을 잡았다.

약속이 정해지자 석훈은 왠지 모르게 가슴이 떨려서 잠을 제대로 자지 못했지만, 긴장한 탓인지 다음 날 일찍 일어나 일찍 약속 장소에 나갔다.

서른 여섯 살 서진과의 첫 만남이었다.

석훈은 서진을 보며 금융업에 종사하는 젊은 팀장님 같은 차갑고 냉철한 인상을 가졌다고 생각했고, 그와 마주한 이 상황이 취업 준비의 마지막 관문인 최종 면접 같다고 느껴졌다.

매우 불편했고 긴장됐다.

육체적 관계를 맺을 사람의 남편을 만나는 상황 자체가 고역이었고, 이 단계를 통과하더라도 직접 관계를 맺는 사람과의 만남은 더 힘들 것 같다는 생각이 들었다.

서진은 석훈이 가져간 서류들을 꼼꼼하게 살폈고 가족력, 유전 등의 정보도 물었다. 다소 마르고 어제 잠을 못 자 피곤해 보이는 안색 때문인지 건강에 대해 많이 질문했다.

그리고는 만족했는지 아내의 가임기가 정해지면 다시 연락을 준다고 하면서 100만 원을 수표로 건넸다.

"나머지 300만 원은 임신이 확인되면 드리겠습니다.

그리고 이번에 임신이 안 될 경우 다음번에는 200만 원으로 깎겠습니다. 다른 의도를 가지고 일부러 최선을 다하지 않을 수도 있으니까요."

"네? 네, 알겠습니다. 최선을 다하겠습니다."

그의 말이 날카로웠다.

그의 말대로 정자를 제공하는 사람이 다른 의도를 갖는다면, 누군가의 아내와 여러 번 관계를 맺더라도 잔금 받는 시기만 늦어질 뿐 손해 볼 게 없다는 것을 깨달았다.

석훈은 그 다른 의도가 무엇을 뜻하는지 곧바로 이해할 수 있었지만, 다른 의도를 갖지 않는 것과 최선을 다하는 것은 뭔가 모순이 있다고 생각했다.

어쨌든 최선을 다하라는 건지, 다하지 말라는 건

지 그의 말이 잠시 헷갈렸지만, 얼떨결에 적절한 대답을 한 것 같았다.

사실 석훈은 이번 가임기에 임신이 성공하지 못할 수도 있다는 것은 한 번도 생각해 보지 않았다. 그냥 정확한 시기에 적당히 최선을 다하면 모두가 원하는 바를 이룰 수 있다고 생각했다.

하지만 성공하지 못할 가능성이 있다는 것과 성공하지 못하면 다음에 또 이런 불편한 경험을 해야 한다는 것에 금방 후회가 밀려왔다.

확인하고자 한 모든 것을 눈으로 직접 확인한 서진이 자리를 뜨고, 석훈은 카페에 앉아 생각에 잠겼다.

풀타임 아르바이트를 해야만 받을 수 있는 큰돈을 아무것도 하지 않고 받은 이 상황과 100만 원이라는 큰돈이 종이 한 장에 담겨있다는 것이 얼떨떨하게 느껴졌다.

이 거래로 태어날 아이의 생물학적 아버지 석훈과 혼인한 남녀 사이에 태어난 아이의 법적 아버지 서진, 두 아버지의 만남은 그렇게 짧게 끝이 났다.

집에 간 석훈은 오늘 받은 돈을 낡은 서랍 깊은 곳에 넣어 두었다. 왠지 바로 쓰면 안 될 것만 같았고 당장 쓰고 싶지도 않았다.

긴장이 풀린 탓인지 피로가 몰려왔고 아무것도 생각하기 싫었다. 석훈은 서진을 만나 느낀 평생 겪기 어려운 감정들을 따로 더 생각하지 않고 피곤함 속에 묻어 버리기로 했다.

3. 탁란

그로부터 일주일이 지난 토요일 저녁, 석훈은 서진으로부터 메시지를 받았다.

'다음 주 수요일부터 금요일까지, ◌◌역 근처 편의점 앞 3시.'

'알겠습니다.'

석훈의 스케줄 따위는 물어보지도 않고, 일방적

으로 약속 시간과 장소가 정해졌다.

석훈은 돈을 지불하는 쪽이 갑(甲)이고, 그 갑이 큰돈을 지불했다면 이 정도는 감수해야 한다고 생각했다. 시기가 2학기 중간고사가 끝난 이후인 것만으로도 다행이라고 생각했다.

서진이 통보한 약속 장소는 석훈이 한 번도 가보지도, 들어 보지도 못한 곳이었다.

인터넷으로 검색해 보니 석훈이 사는 곳과 다니는 학교와는 완전히 반대인 곳이었고, 주변에 유흥가가 밀집한 곳이었다.

서진이 석훈으로부터 건네받은 서류들에 적힌 석훈의 생활권을 고려해 준 것만 같았다. 물론 서진 부부의 생활권도 고려한 것이라고 생각했다.

서진을 만난 이후부터 지금까지의 과정을 원준에게 자세히 공유하지는 않았다.

원준이 석훈을 만날 때마다 언제 만나기로 했는

지 따위를 물어 보기는 했으나, 뭔가 나쁜 짓 하는 것에 대한 부담감 때문인지 솔직하게 말하기가 어려웠다.

다만 얼마 후 원준도 어느 매수인으로부터 연락을 받았고, 그때부터 원준은 석훈이 앞으로 해야 할 일 보다 그동안 해온 일에 대한 질문을 많이 했다. 석훈도 한 배를 탔다는 안도감에 보다 많은 이야기를 할 수 있었다.

며칠 후 서진으로부터 통보 받은 날이 되었다.

석훈은 이날도 잠을 잘 이루지 못했고, 피곤한 몸으로 약속 장소에 나갔다.

그리고 약속 시간으로부터 10분 정도 지나자 30대 초반의 나이에 160cm 정도 돼 보이는 키, 마르고 하얀 얼굴의 여자가 석훈 쪽으로 걸어왔다.

소연에 대해 어떠한 사전 정보도 듣지 못한 석훈은 자신 쪽으로 다가오는 그녀가 오늘 자신의 유전자를 가져갈 사람이라고 짐작했다.

"안녕하세요. 저기... 김석훈 씨죠?"

가까이서 보니 소연은 석훈이 생각한 것보다 미인이었다. 왜 서진이 다른 의도를 갖지 않게 하기 위해 별도의 조건을 이야기 했는지 이해가 됐다.

"네, 맞습니다. 안녕하세요."

두 사람은 편의점 앞 길거리에서 어색한 인사를 나누고 서로 다른 방향을 바라보며 멀뚱히 서 있었다.

"저쪽으로 가시죠!"

짧았지만 길게 느껴졌던 정적을 깨고 석훈이 입을 뗐다. 가만히 있으면 계속 이 자리에 서 있어야 할 것만 같았다.

유흥가가 많은 곳이라 어디로 고개를 돌려 봐도 모텔 천지였다.

안내를 한답시고 가자고 했으나 어디로 가야 할지 막막했다. 하지만 큰돈을 받은 입장에서, 그리고 남자로서 어리숙한 모습을 보여서는 안 된다고 생각했다.

한 번도 가 보지 않았지만, 자연스럽게 깨끗한 외관과 시설이 좋을 것만 같은 이름을 가진 모텔로 들어갔다.

"대실이요."

평일 대낮에 20대 후반의 남자와 30대 초반 여자가 같이 온 모습이 모텔 주인에게 마치 불륜처럼 보이지 않을까 석훈은 내심 걱정이 되었다.

그리고 그녀가 유부녀이기 때문에 불륜이 아니라고 할 수도, 그녀의 남편의 동의가 있었으니 불륜이라고 하기도 애매하다고 생각했다.

하지만 모텔 주인 입장에서 불륜인 상황과 불륜이 아닌 상황을 얼마나 많이 봤을지 생각하니 별

의미 없다는 생각이 들었다.

석훈은 재빨리 대실료 3만 원을 지불했다. 서진과의 만남에서 명확히 이야기 하지는 않았지만, 석훈의 유전자값 400만 원에는 건강 검진비와 모텔비 3회분이 포함되었다.

'306호'

석훈과 소연은 좁은 엘리베이터를 타고 올라가 306호 방 앞에 멈춰 섰다. 평일 낮이라 그런지 모텔 안에는 사람도 없고 고요했다.

석훈은 심장이 터질 것만 같았다. 처음 보는 여자와 관계를 맺는 것도, 임신을 목적으로 관계를 맺는 것도 처음이었다.

떨리지 않는 척 자연스럽게 방 안으로 들어가 외투를 벗어 소파 위에 올려 두었다.

"시작할까요?"

석훈이 숨소리도 들릴 만큼 가깝게 소연에게 다가가 시작을 알렸다.

"씻고 오세요."

"아, 네."

석훈이 자연스럽게 떨리지 않는 척 리드하려 했으나, 소연은 차가운 말투와 표정으로 그의 노력을 머쓱하게 만들었다.

살짝 마음이 상한 석훈은 일부러 상의를 벗으며 샤워실로 들어갔고, 긴장하지 않은 척 흥얼거리며 샤워기의 물을 틀었다.

석훈의 머릿속은 샤워를 길게 해야 할지 짧게 하고 나가야 할지, 옷을 입고 나가야 할지 수건으로 하체만 감고 나가야 할지 등 온갖 고민으로 가득했다.

많은 고민 중에서도 관계를 잘할 수 있을지에 대한 걱정이 가장 컸다.

석훈이 샤워기의 물을 잠갔다.

소연에게 자신이 곧 나간다는 신호를 주려 일부러 물 닦는 소리를 크게 냈고, 마지막까지 고민하던 복장은 수건으로 하체만 감고 나가기로 했다.

샤워실을 나와 침실 쪽으로 오니 소연은 침대에 이불을 덮고 누워있었다.

'뭐야, 나만 씻는 거야? 내가 안 씻고 온 것처럼 보였나?'

좀 전에 머쓱함을 선사한 소연에게 약간의 뒤끝이 남아 있던 석훈은 준비할 시간을 위해 씻고 오라고 했던 소연의 의도를 파악하지 못했다.

소연은 샤워실 반대편으로 고개만 돌린 채 똑바로 누워있었고, 이불을 상체 끝까지 덮고 있었다.

석훈이 가까이 다가가니 소연의 새하얀 어깨라인이 먼저 보였다. 이불을 걷으면 눈앞에 어떤 장면이 펼쳐질지 상상하자 석훈의 하체에 바로 반응이

왔다.

일말의 애정과 교감이 없는, 심지어 자신을 차갑게 대하는 상대와 관계를 맺을 수 있을지 걱정했던 것은 기우였다.

살짝 이불을 걷어 옆자리로 들어갔다.

소연은 아무런 움직임이 없었고, 고요한 방안에는 숨소리만 크게 들렸다.

석훈은 소연이 있는 쪽으로 몸을 돌려 그녀의 몸으로 손을 뻗었다.

석훈의 손이 소연의 살에 닿자 소연이 얼굴을 크게 찡그렸다. 적극적인 거부는 안 했지만 싫은 내색이 역력했다.

석훈은 적잖이 당황했다. 마치 빨리 끝내고 이 방에서 나가라는 것만 같았다.

"시작하겠습니다. 빨리하고 갈게요."

특별한 목적을 가지고 하는 관계지만, 그래도 어느 정도의 상호 작용을 기대했던 석훈도 소연의 처음과 다른 태도와 말투에 오늘의 이 거사가 쉽지 않을 것임을 직감할 수 있었다.

소연의 싫어하는 내색을 온몸으로 느낄수록, 석훈의 마무리가 늦어졌다.

억지로 빨리 끝내야 한다는 생각이 머릿속을 지배해서 그런지 관계를 하는 것 자체에 집중할 수 없었고, 하는 내내 소연의 찡그린 표정과 약간 신경질적인 신음 소리에 자꾸 신경이 쓰였다.

온 마음을 다해 절정에 다다르더라도, 고개를 돌린 소연의 왼쪽 뺨에 있는 점이 최후의 집중력을 흐트러뜨리기 일쑤였다.

'아, 내일은 또 어떻게 하지.'

석훈은 내일과 모레가 걱정이었다.

관계를 하는 동안 자신의 기분이야 어떻든 돈을

받고 하는 거니 상관은 없는데, 임신은 시켜야 할 의무가 있기에 관계 자체가 안 된다면 큰일이었다.

관계에 집중하지 못하자 남근에 힘이 풀려 버리는 위기가 여러 번 찾아왔지만, 그래도 처음 만나는 사람과 관계를 한다는 것과 남의 아내를 임신시킨다는 상황을 최대한 상기시키며 어렵게 마무리할 수 있었다.

사정이 끝나자 소연은 아무 말 없이 이불을 덮으며 엎드렸고, 고개는 석훈이 있는 곳의 반대 방향으로 돌렸다.

석훈은 소연의 행동이 마치 빨리 여기서 나가라고 말하는 것처럼 느껴졌다.

"내일 같은 시간, 같은 장소에서 봐요."

그녀가 행동으로 보여준 재촉에 석훈은 씻지도 못한 채 서둘러 모텔을 나왔다.

'돈이고 뭐고 다신 못할 짓이네.'

집으로 돌아온 석훈은 간절했던 샤워로 찜찜함을
씻어냈고, 쉴 틈도 없이 아르바이트를 하기 위해
곧바로 다시 집을 나섰다.

그리고 다음 날이 되었다.

또다시 석훈은 약속 장소로 나갔다. 이번엔 소연
이 먼저 와 있었다.

"가시죠."

익숙하게 어제와 같은 모텔로 들어갔다.

어제 상황을 생각하면 분위기 따위 신경 쓰는 건
무의미했고, 이 정도의 인테리어 수준이면 관계를
하는데 지장 없다고 생각했다. 더욱이 석훈이 부
담해야 하는 돈이기에 더 비싼 비용을 지불하기도
싫었다.

석훈은 외투를 소파 위에 올려두고 아무런 말없
이 샤워실로 들어가 샤워기 물을 틀었다. 어제 잠
들 때가 돼서야 소연이 왜 자신에게 씻고 오라고

했는지 의도를 이해할 수 있었다.

석훈은 소연이 옷을 벗고 침대에 누울 적당한 시간을 계산해서 샤워를 마치고 나왔다. 그리고 어제와 같이 침대 옆으로 가서 이불을 들추고 옆에 누웠다.

큰 변화를 기대한 것은 아니었지만, 작은 변화도 없이 소연의 반응은 어제와 같았다.

싫은 티 팍팍 내는 여자와 어쩔 수 없이 관계를 해야 하는 남자의 심정은 별로 유쾌하지 않았다. 그리고 시간이 지날수록 석훈은 소연의 태도에 점점 기분이 나빠졌다.

상대가 원하지 않는데 자신이 억지로 강요해서 하는 것도 아니고, 마치 자신이 범죄라도 저지르는 것만 같은 기분이 들었다.

'자기도 목적이 있어서 맺는 관계라면 사정을 도와주지는 못하더라도 최소한 방해는 하지 말아

야지.

이렇게 얼굴 찡그리며 기분 나쁜 티를 내면 사정을 하라는 거야 말라는 거야.'

사랑하는 남편이 아닌 다른 낯선 남자와 관계를 하는 여자의 심정을 모르는 바 아니었으나, 자꾸 싫은 티를 내는 소연의 태도에 마무리가 늦어지고 힘만 드니 짜증이 났다.

석훈이 기분 나쁜 순간순간을 여러 번 참아가며, 할 수 있는 모든 집중을 다해 겨우 마무리하고 거친 숨을 몰아쉬었다.

그리고 너무 힘이 든 나머지 소연의 가슴 위로 석훈의 몸이 포개졌는데, 소연이 약간은 강하게 석훈을 밀쳐내고는 곧바로 몸을 돌려 엎드려 버렸다.

석훈도 더 이상 참을 수 없었다.

"숨 좀 쉬고 가면 안돼요? 꼭 그렇게 빨리 가라

고 등 떠밀어야겠어요?"

어제보다 더 힘들게 마무리를 한 까닭에 온몸이 땀으로 흠뻑 젖은 석훈은 오늘만큼은 여유를 가지고 깨끗이 씻은 후 이 모텔을 나가고 싶었다.

하지만 마무리를 하자마자 숨 쉴 틈도 없이 자신을 밀쳐 버리고 뒤돌아 버린 소연의 모습에 또다시 자신을 재촉한다고 생각한 석훈이 소연에게 큰 소리로 화를 내버렸다.

그리고 몇 마디를 더 보탰다.

"그런데요. 자꾸 이런 식으로 싫은 티 팍팍 내시면, 저도 기분 나쁘고 흥분도 전혀 안돼서 사정하는 양도 적어지는데 임신이 되겠어요?

이번에 임신 안 되면 다음 달에 또 만나야 하는데, 저나 그쪽이나 바라는 바 아니잖아요.

그리고 무엇보다 사랑도 없이 하는 관계인데 서로 기분까지 나쁜 채로 하면 그 과정에서 만들어지는 아이는 시작부터 너무 불행하지 않겠어요?"

소연은 엎드린 채 미동도 아무런 반응도 하지 않았다.

"아 진짜 기분 더럽네."

석훈은 소연에게 아무런 대답도 듣지 못한 채 모텔을 나왔다.

화가 나서 내뱉은 말이긴 하지만 그녀가 간절히 얻고자 한 아이에 대해서까지 그렇게 말했어야 했나, 석훈은 그녀의 아픈 곳을 건드린 것 같아 조금 미안해졌다.

자기 전까지 오늘 자신이 한 말을 되뇌고, 반성한 석훈이었다.

그리고 마지막 날이 되었다.

석훈은 제발 오늘이 마지막이길 바라며 약속 장소에 나갔다. 그리고 조금 빨리 도착했음에도 불

구하고 소연이 먼저 와 있었다.

"안녕하세요."

예상치 못하게 소연이 먼저 인사를 했다. 어제 소연에게 화낸 게 미안해서 먼저 웃으며 인사하려던 찰나였다.

"아, 안녕하세요. 갈까요?"

작은 노력으로 어제의 실수를 만회할 수 있는 기회를 잃은 석훈의 마음이 무거웠다.

오늘도 같은 모텔로 갔다. 석훈이 살면서 다시는 안 올 곳이었다.

"씻고 올게요."

오늘도 석훈이 소연에게 준비할 시간을 갖도록 자연스럽게 씻으러 들어갔고, 어느 정도 시간을 보낸 후 적당한 때를 맞춰 나왔다.

석훈이 샤워실에서 나오자 소연이 외투만 벗고

옷을 입은 채 침대 옆에 서 있었다. 하체만 수건으로 감고 나온 석훈은 순간 부끄러워졌다.

자신이 소연에게 준비할 시간을 충분히 주지 못했다고 생각한 석훈이 샤워실로 다시 들어가려던 찰나. 소연이 석훈을 불러 세웠다.

"잠시만요. 이리 오세요."

석훈이 가까이 다가가자 소연의 시선이 석훈의 눈에서 바닥 쪽으로 천천히 옮겨갔다. 그리고 다시 입을 열었다.

"시작하세요."

석훈은 깜짝 놀랐다.

잉태될 아이의 행복을 위함인지, 그래도 원활한 마지막 관계를 원한 것인지 모르겠지만, 어쨌든 소연의 부드러운 태도와 그렇게 인위적이지 않은 시작 덕분에 석훈은 오늘만은 유종의 미를 거둘 수 있을 것 같았다.

석훈은 소연에게 키스해도 되는지 묻고 싶었지만, 그녀가 옷을 벗기는 것부터 허락하는 것이 어떤 의미인지 생각해 보니 정도를 크게 벗어나지 않은 범위에서 자신이 원하는 대로 해도 될 것만 같았다.

소연의 어깨에 손을 올리고 그녀의 눈을 응시했다. 소연이 석훈의 눈을 똑바로 보는 듯 했지만 이내 살짝 눈을 감았다.

석훈은 가볍게 입을 맞추는 것을 시작으로 천천히 옷을 벗기며 그녀를 침대에 눕혔다.

가볍지만은 않은 터치에 그녀 반응이 어제와는 달랐다.

그녀가 어제와 같은 불쾌함을 느끼지만 참는 것인지, 아니면 석훈을 받아들이고 이 순간만큼은 관계에 집중하는 것인지 잘 모르겠지만 석훈은 처음으로 기분 나쁘지 않은 시간을 보냈다.

땀에 흠뻑 젖도록 힘들었지만 기분 좋은 마무리가 끝났다.

석훈은 문득 그녀가 어떤 사람인지 궁금해졌고, 서진은 어떤 사람인지 묻고 싶었다.

자신이 상관할 바는 아니지만, 앞으로 태어날 자신의 유전자를 가진 아이가 자랄 가정 환경은 어떤지 궁금했다.

소연의 태도 변화에 조금은 친해진 것 같기도 하고, 관계가 끝난 후 긴장이 풀어진 것도 그런 궁금증이 생긴 이유일 것이다.

어제처럼 사정이 끝나고 석훈의 몸이 소연의 가슴 위로 포개졌다. 그런데 소연이 또다시 석훈을 살짝 밀어내고는 몸을 돌려 엎드려 버렸다.

나란히 누워서 팔베개를 해 주고 도란도란 이야기하는 것은 기대도 하지 않았지만, 적어도 관계를 마무리 짓는 여운 정도는 가질 수 있을 줄 알았던 석훈이었다.

'다 끝나니 또 저러네. 아까 내게 친절했던 건 역시 목적 지향적인 거였나?'

석훈은 약간 실망했지만, 마무리야 어떻든 이제 볼일 없는 사람이라 생각하고 옷을 입으려 했다.

"씻고 가세요. 땀 많이 흘렸잖아요."

소연의 말투가 차갑게 느껴지지 않았다.

"빨리 가라고 자꾸 등 돌려 엎드리는 거 아니었어요?"

소연의 언행불일치에 대해 석훈이 물었다.

"관계가 끝나고 엎드려 있으면 임신이 더 잘 된다는 말이 있어서요."

첫날부터 그녀의 태도를 오해해 온 석훈이었다.

석훈은 오랫동안 불임으로 마음 고생한 그녀의 절박한 심정을 느낄 수 있었고, 더불어 자신의 가숨이 먹먹해지는 것도 느낄 수 있었다.

 그녀가 말을 잇는다.

 "그리고 그제와 어제, 제 맨살에 닿는 그쪽 손
이 너무 차가웠고, 준비 없이 바로 시작하다 보니
하는 내내 아파서 표정이 안 좋았던 거예요. 너무
싫은 티를 낸 게 아니라."

 소연이 그렇게 많은 말을 하는 걸 처음 본 석훈
은 신기함을 느낄 새도 없이 미안함에 어쩔 줄을
몰랐다.

 "제가 오해했네요. 처음 시작할 때부터 표정이
안 좋으셔서 마냥 싫은 줄로만 알았어요. 저는 빨
리 끝내야만 하는 줄 알고 그만...

 그리고 어제 한 말은 정말 미안합니다."

 "아니에요. 땀 많이 흘리셨으니 씻고 가세요.
그동안 고생하셨습니다."

석훈의 마음이 복잡해졌다. 먹먹함, 미안함, 연민 등이 복합적으로 석훈의 머릿속에 혼재했다.

"저기, 괜찮으시다면 한 번 더 했으면 좋겠는데 어떠세요? 오늘이 마지막이기도 하고 한 번 보다는 두 번 하면 더 확률이 높을 거잖아요. 다른 의도는 없습니다."

석훈은 그녀에게 진심으로 도움이 되고 싶었다. 혹시나 오해를 살까 다른 의도가 없다는 말도 덧붙였다.

석훈을 잠시 응시하던 소연이 다시 몸을 돌려 똑바로 누웠고, 그렇게 둘은 다시 호흡을 맞췄다.

준비 단계부터 마무리까지 천천히 그리고 충분히 여느 커플과 다르지 않게 교감을 나누었고, 석훈은 사정 후 소연이 자연스럽게 엎드릴 수 있도록 도와주었다.

그렇게 소연과 마지막 관계를 마치고 모텔을 나

온 석훈은 여전히 마음이 복잡했다.

임신이 꼭 되길 바라는 마음과 돈을 덜 받더라도 다음에 한 번 더 그녀를 봤으면 좋겠다는 마음이 혼재했다.

그녀를 마음으로 사랑한다거나 또는 육체적 관계를 한 번 더 맺고 싶다는 등의 이유가 아니라 명확한 이유 없이 한 번쯤은 더 봤으면 좋겠다는 생각이 들었다.

어제와 그제보다 훨씬 좋은 마음으로 모든 일을 마쳤지만, 그녀에 대한 복잡한 감정과 이 거래에 대한 후회 등이 집으로 돌아가는 석훈의 뒤를 계속 따라왔다.

석훈은 옥탑방 대문 앞에 서서 마지막으로 생각을 정리했다.

이번에 일이 끝까지 잘 마무리 되면, 다시는 이런 복잡한 감정의 중심에 서는 일은 하지 않겠다고 다짐했다.

그렇게 김석훈이라는 뻐꾸기는 서진과 소연의 가정에, 그리고 생전 처음 본 여자의 자궁에 마지막 탁란을 마치고 자신이 살던 옥탑방 둥지로 돌아왔다.

그렇게 얼마 후 서진에게서 메시지가 왔다.

'임신 확인했고, 저번에 보낸 계좌에 돈 입금했습니다. 감사했습니다.'

석훈은 큰돈을 번 것에 대한 기쁨보다 다시 소연을 볼 수 없는 아쉬움이 조금 더 크게 다가왔다.

그리고 이로써 자신과 서진, 그리고 소연 세 사람의 인연은 끝이라고 생각했다.

석훈은 다시 자신의 자리로 돌아와 취업 준비생으로서 자신의 미래에 집중했고, 두 달 뒤, 자신이 지원한 수십 개의 회사 중에 가장 가고 싶어했던 한 군데에 최종 합격했다.

III. 다시 2020년 봄

1. 혼란

석훈은 8년 전에 아이를 갖기 위해 노력하던 그녀 이름이 김소연이라는 것을 TV를 통해 처음 알았고, 왜 실종된 아이의 얼굴을 보며 묘한 기분이 들었는지 알 수 있었다.

준서가 자신의 아들 윤서와 돌림자를 쓴 것처럼 비슷한 이름을 가진 것도 억지로 이어 붙인 것 같이 모든 게 운명처럼 연결되는 것 같았다.

사진 속에 있는 저 아이가 자신의 생물학적인 자식이라는 것, 벌써 여덟 살이나 된 자신의 핏줄이 저렇게 생겼다는 것, 그리고 그 아이가 실종됐다는 것.

하나하나 머릿속에 떠오르는 깨달음들이 시간적 간격을 두지 않은 채 한꺼번에 석훈의 머릿속에 얽혔고, 조금씩 정리될 때마다 감정 변화를 일으켰다.

자기 핏줄을 확인한 후의 신기함, 하지만 지금은 아내 진경과 아들 윤서가 있다는 현실에 그 사실이 드러나지 않았으면 하는 두려움, 그리고 그 아이가 실종됐다는 것에 대한 걱정과 초조함까지.

석훈은 자신의 내면에서 수많은 감정 변화를 겪는 동안 인터뷰 속 그녀의 옆에 있던 준서의 아빠라는 사람이 8년 전에 자신이 만났던 서진이 아니라는 사실도 깨달았다.

그로 인해 석훈의 감정 변화는 단순 실종이 아닐

것 같다는 불안에서 멈췄다.

석훈은 사진 속 준서가 웃지 않은 모습인 것도 그제서야 이상하다고 생각했다.

실종이라는 사건 자체도 슬프고 속상한 일인데, 더 안 좋은 생각들이 머릿속을 떠나지 않았다.

최근에 본 흉흉한 내용의 뉴스들이 생각났다.

그리고 그동안 윤서를 키우면서 윤서에게 화내고 짜증냈던 자신의 모습도 함께 떠올랐다. 자신의 자식에게조차 화가 참아지지 않고 미운 순간들이 있었음을 깨닫자 더욱 불안해졌다.

'아닐 거야. 무사히 제집으로 돌아갈 거야. 아빠라는 사람이 저렇게 착하게 생기고 눈물까지 흘리며 걱정하는데, 아무 일 없을 거야.

그리고 내가 상관할 일이 아니야. 잘 돌아올 거라 믿자!'

석훈은 자신이 상관할 일이 아니라고 생각하면서
도 계속해서 신경이 쓰였다.

TV를 보고 있는 동안 슬픔이라는 하나의 감정
위에 신기함, 두려움, 초조함, 불안감이라는 현재
느끼는 감정들이 명확히 정의가 됐지만, 자신이
지금 그 아이를 걱정하고 있는 이유에 대해서는
끝까지 명확해지지가 않았다.

자신과 상관없는 일이라며 외면하다가도 다시금
원래의 궤도로 걱정과 불안이 되돌아왔다.

그런 무한의 반복된 걱정 끝에 잠을 한숨도 이루
지 못한 석훈은 다음 날이 되자 원준에게 메시지
를 보냈다.

'술 한 잔 하자. 7시 명동 족발, 안 오면 혼자
라도 마신다.'

대학 졸업 후에도 회사가 가까워서 종종 만나던
원준이다.

원준에게 말고는 털어놓을 이야기도 아니었고, 수백 번 답답함에 몸부림치다가 스스로 괜찮아지기를 포기하고 원준을 불러내기로 한 것이다.

"너, 대리부 그거 기억나지?"

이미 소주를 반 병 이상 먼저 마시고 있던 석훈이 원준이 자리에 앉자마자 큰 목소리로 말했다.

"아이고 깜짝이야. 미친놈아 소리 좀 낮춰, 뭐 자랑스러운 일이라고 그걸 그리 크게 얘기해!"

갑자기 튀어나온 대리부라는 단어에 원준이 깜짝 놀랐다.

"야! 이 나쁜 놈아, 그럼 너는 왜 그 자랑스럽지도 않은 일을 하자고 꼬드겼냐!"

석훈의 목소리가 더 커졌다.

"진짜 미쳤네. 갑자기 왜 그래? 그래도 생각해 보면 불임 부부를 도와준 셈이고, 적지 않게 돈도

벌었잖아. 갑자기 왜 그러는데?

 혹시 제수씨가 그 사실을 알았어? 넌 한 번 밖에
안 했잖아?"

 원준은 석훈의 가정에 무슨 일이 있는지 걱정이
됐지만, 이내 수 년 전에 불법으로 한 자신의 행
동으로 인해 문제가 될 일이 생긴 건지 걱정이 됐
다.

 "그렇게 해서 낳은 애가 벌써 여덟 살이래. 그
리고 글쎄 우리 윤서보다 다섯 살이나 많은 내 첫
째 아들이 집 근처에서 실종됐단다."

 석훈의 목소리에 떨림을 느낀 원준의 목소리도
커졌다.

 "뭐야, 너 그걸 어떻게 알았어? 대리부 해 달라
던 사람한테 연락 왔어? 그 사람이 왜 갑자기 연
락을 해!"

 "차라리 그랬으면 다행이게.

그 애가 실종됐다고 TV에 나오더라. 나랑 잔 그 여자가 애 잃어버렸다고 인터뷰를 했더라고.

그런데 그 아이 아빠라고 같이 나온 사람이 전에 본 대리부 의뢰했던 사람이랑 달라."

그 말을 들은 원준은 그게 무슨 의미인지 잘 이해하지 못했다.

대리부를 의뢰했던 가정은 파탄이 났고, 여자가 재혼을 한 이후 아이가 실종됐다는 단편적인 이야기로만 들렸다.

"아이 잃어버린 건 그렇다 치고, 그 애 아빠가 이전에 본 사람이랑 다른 게 왜?

어차피 그때 너한테 대리부 해 달라던 사람도 아이 친아빠가 아닌 건 똑같잖아."

"그래도 나한테 그걸 의뢰한 사람은 그 아내와의 사이에서 아이를 간절히 원했고, 그래서 나 같은 사람한테 돈까지 줘 가면서 자식을 얻은 거잖

아. 그럼 적어도 애를 어떻게 하거나 하진 않았을
거잖아."

"네가 TV에서 본 그 아이 아빠라는 사람이 이
전에 네가 봤던 그 사람이었어도 어차피 친자식이
아니라는 이유로 똑같이 불안해했을 걸?

진짜 단순 실종일 수도 있잖아. 애들 어릴 때 다
들 한 번씩 잃어버리고 찾고 그러잖아.

그리고 네 자식도 아닌데, 왜 네가 신경을 쓰는
건데?"

"모르겠어. 생물학적으로 내 자식이라는 건 사
실이고, 그 아이가 어떻게 자랐는지 나도 한 번도
본 적 없지만 뭔가 마음이 이상해."

원준을 만나러 오기 전부터 스스로에게 계속 물
었지만 답을 얻지 못했던 질문이었다.

석훈이 말을 이었다.

"나도 윤서를 낳기 전까지는 아동학대 기사나 실종 사연 같은 거 봤을 때 그냥 조금 안타까운 정도였어.

그런데 윤서를 낳고 나니까 생판 모르는 윤서 또래의 아이의 고통에 마음 아파지고 감정 이입이 되더라.

하물며 실종된 아이는 내가 생물학적인 아버지잖아. 그 아이가 태어났을 때 어떤 모습이었는지, 자라면서 어떤 행동들을 했는지, 나랑 어떤 모습이 닮았는지 생각하면 할수록 그 아이가 내가 지금 그렇게 사랑하는 윤서랑 뭐가 다른가 싶어."

원준은 아직 아이가 없는 자신이 느낄 수 없는 뭔가가 석훈에게 있다는 것을 조금은 이해할 수 있었다.

"같은 자식인데, 오히려 윤서만큼 사랑해 주지 못한 것에 대한 미안함과 내가 사랑해 주지도 못했는데 저런 고통을 겪게 된 게 너무나 슬프고,

단순 실종이 아니라는 생각이 자꾸 들면서 고통스
러워."

원준은 석훈에게 아무런 말도 할 수 없었다.

그의 마음이 이해가 되기에, 그리고 자신도 언젠
가 겪을 수 있는 일이기에 섣불리 어떠한 위로가
나오질 않았다.

그리고 그가 결혼하기 전에 세상에 내보낸 세 명
의 아이가 이런 일을 겪지 않았으면 좋겠다는 생
각이 처음으로 들었다.

그냥 너무 걱정하지 말라는 위로의 말이나, 너의
자식은 윤서뿐이니 더는 생각하지 말라는 등의 조
언을 받고자 원준을 만났던 석훈은 기대도 하지
않았던 원준의 공감과 이해에 마음이 더 무거워졌
다.

석훈은 아무런 소득 없이 마음만 괴로운 상태로
원준과 헤어졌다.

자신의 슬프고 괴로운 마음을 친구에게 털어놓으면 괜찮을 줄 알았지만, 해결할 수 없는 문제라는 생각에 더 외로워졌다.

술을 마시면 잠을 자는 게 주사인 석훈이지만 돌아오는 택시 안에서 잠들지 못했다. 그리고 생각을 정리했다.

준서가 자신과 무관하다고 스스로를 설득하는 것은 포기하고 준서가 무사하기만을 바라기로 했다.

준서의 소식은 그때 방송 이후로 들려오지 않았다.

뉴스에서 집중적으로 다루던 사건도 아니었고, 시사 교양 프로그램에서 일회성으로 나온 것이라 그 프로그램에서 다시 다루지 않는다면 더 알 수 있는 소식도 아니었다.

다시 바쁜 일상으로 돌아온 석훈은 더 이상 들리지 않는 준서의 소식에 점차 마음에 안정이 찾아왔다.

 실종된 준서가 돌아왔을 수도 있고, 더 나쁜 소식이 들리지 않으니 이미 발생한 단순 실종보다 더 최악인 상황은 아닐 거라는 쪽으로 생각이 옮겨 가고 있었다.

2. 준서의 발견

그로부터 몇 달 후, 이른 출근을 위해 진경보다 먼저 집을 나선 석훈이 인터넷 기사를 보기 위해 스마트폰을 들었다. 기사나 뉴스를 보는 것에 대한 두려움이 가실 무렵이었다.

'실종 아동 숨진 채 발견, 부모 긴급 체포'

어제 나온 기사였고, 준서에 관한 기사였다.

어제는 월말 사업실적 보고가 있어 근무시간 내내 바빴고, 진경과 같이 만나 퇴근하느라 기사를 볼 틈이 없었던 탓에 알지 못했다.

자신이 생각하던 가장 최악의 시나리오가 기사로 쓰인 것에 대해 석훈은 허탈했고 또 어찌해야 할 바를 몰랐다.

석훈의 머릿속에 준서의 얼굴이 아른거렸다.

기사를 클릭하자 준서에 대한 사건의 전말이 자세하게 적혀 있었고, 기사 말미에는 지난번 교양 프로그램에 공개된 준서의 사진이 모자이크 된 채 나와 있었다.

모자이크 된 준서의 사진을 보고 또 보았다.

석훈은 그동안 잠시 잊고 있었던 준서에 대한 죄책감이 사무쳤다.

전철 안에 사람이 가득 찼는데도 석훈의 귀에는 철로의 단차가 만들어 내는 반복적인 쇳소리만 들렸다.

 '터컥터컥, 터컥터컥, 터컥터컥'

 석훈은 이 소리가 마치 자신의 가슴을 반복적으로 찌르는 것처럼 느껴졌다. 가슴이 수십 번 찔리자 투명한 피가 눈에서 흘러내렸다.

 눈물과 훌쩍임이 감당할 수 없게 될 때쯤, 석훈은 전철에서 내렸다. 출근길에 전철 안에서 우는 남자가 선택할 수 있는 것은 많지 않았다.

 석훈은 플랫폼 의자에 앉아 하염없이 생각에 잠겼다.

 자신이 이렇게 슬퍼하는 게 맞는 것인지, 자신이 무엇을 할 수 있는지 한참을 생각하고 나서야 아무것도 해서는 안 된다는 이성적인 판단을 내릴 수 있었다.

 '그 아이는 내 아이가 아니다. 단지 나의 유전자를 빌려 태어난 아이이고, 나와 일말의 교감도 없던 남이다.

나와 아무 사이도 아닌 그 아이가 그저 불운하게 인생을 빨리 마감한 것이다. 더 이상 신경 쓰지 말자.'

석훈은 주문을 걸 듯 반복해서 생각했다.

가까스로 이성의 끈을 잡고, 다시 회사에 출근하기 위해 다가오는 전철에 몸을 실었다.

눈물과 훌쩍임은 멈췄지만 가슴을 찌르는 소리는 계속됐다.

원래 일찍 출근을 하는 편이라 이런 갑작스러운 일이 발생했다고 하여 지각을 하지는 않았다.

아무도 석훈의 아픔을 눈치채지 못한 오전 중에 진경으로부터 메시지가 왔다.

'저번에 우리 TV로 봤던 실종 어린이 있잖아. 부모가 죽였다는 기사 봤어?

아니 어떻게 자기들이 죽여 놓고 태연하게 TV에 나와서 실종됐다고 인터뷰를 하지?

애가 진짜 너무 불쌍하다.'

진경이 지금 느끼고 있는 감정 이상의 분노를 억지로 참아 냈던 석훈이 차갑게 답했다.

'부모 잘못 만난 탓이지. 더 생각하지 말자. 우리도 우울해지겠다.'

그 잘못 만난 부모에 자신도 포함돼 있는 것 같아 괴로웠지만, 석훈은 최대한 그 아이를 생각하지 않으려고 몸부림쳤다.

그렇게 또 며칠이 지나고 더 자세한 내용의 기사들이 쏟아졌다.

석훈은 기사를 보지 않으려 했으나, 이미 자식을 살해하고 직접 실종신고 후 언론 인터뷰까지 한 부모의 행동에 많은 사람들의 관심이 집중된 터였다.

석훈이 그 기사들을 보지 않으려 한다고 해도 자신의 귀에 그 이야기가 들려올 것을 알기에 담담한 마음으로 준서에 대한 마지막 이야기를 받아들이려 했다.

기사는 실시간으로 업데이트 되었다.

'숨진 이준서 군, 계부가 살해하고 친모는 '방조'

'시신 발견 후 친모가 범행 일체 자백'

'친모가 계부와 동거한 3년간 거의 매일 잔혹한 학대'

'수 시간 동안 옷장에 가두기도'

'이웃 주민, 세 번이나 학대 의심 신고. 학대 아동 보호 시스템은 어디에'

석훈은 자신이 세상에 나오게 한 아이가 인생의 절반을 얼마나 절망적이고 참기 힘든 고통 속에 살았는지 실시간으로 확인할 수 있었다.

그리고 경찰의 수사 결과 브리핑 뉴스를 마지막으로 준서에 대한 기사는 더 이상 찾기 어려웠다.

'피해자 이준서 군은 계부의 지속적인 폭행으로 내장 파열, 골절 등에 의해 쇼크사했으며, 친모 김 씨는 4년 전 전남편과 이혼하고 경제적 능력과 부모 및 일가친척 등 의지할 곳이 전혀 없는 상태로 동거남 이 씨가 아들에게 가하는 학대를 방관한 끝에……'

또래보다 몸이 왜소하고 늘 얼굴에 그늘이 있던 아이 준서는 여덟 살의 짧은 생을 엄마, 아빠라고 부르던 사람에 의해 마감했다.

석훈은 더 이상 이성의 끈을 붙잡을 수 없었다.

또 한동안 쓰지 않은 이메일 계정에 로그인을 했다. 비밀번호를 찾고, 몇 가지 절차를 거쳐 잠자고 있던 계정을 살려내는 수고가 필요했다.

수백 통의 스팸 메일을 지우고 나서야 8년 전 자신에게 온 '대리 관련...'이라는 제목의 메일을 찾을 수 있었다.

 석훈은 그 당시에 사용한 연락처로 자주 쓰지 않는 이메일 주소를 활용한 것이 도움이 됐다고 생각했다. 아니었다면 이 메일은 남아있지 않았을 것 같았다.

 자신에게 요구했던 각종 서류들과 지금도 크다고 할 수 있는 금액을 지불하는 조건 등이 담긴 메일 내용을 보니 더 화가 났다.

 그렇게 정성스럽게 따지고 큰 비용을 부담하면서 태어나게 만든 아이를 저렇게 방치하고 허망하게 보낼 수 있는지, 석훈은 서진에게 따지고 싶었다.

 석훈이 메일을 썼다.

 '8년 전, 아래 메일을 받았던 준서 아빠입니다.'

'준서 아빠'라는 자극적인 문구를 쓴 것은 석훈이 그만큼 분노했다는 것을 서진에게 보여주고 싶었기 때문도 있었지만, 제발 이 메일을 읽고 답을 달라는 의도가 더 컸다.

서진이 메일을 볼 수도 있지만, 더 이상 그 계정을 쓰지 않을 수도 있었기에 메일을 보내는 행위 자체에 대해 고민하지는 않았다. 그리고 어쩌면 보지 않을 확률이 더 크다고 생각했다.

'우리가 볼 이유는 없는 것 같은데, 왜 만나야 하죠?'

기대하지 않았던 답장이 두 시간 만에 왔다.

석훈 자신도 서진을 만나면 무슨 말을 해야 할지, 만나는 게 맞는 것인지 확신하지 못했지만, 지금 자신이 할 수 있는 것이라고는 서진을 만나는 것뿐이라고 생각했다.

서진을 만나서 자신이 무엇을 할 수 있는지, 그

리고 무엇을 해야 하는지를 확인하고 싶었다.

그런데 아무 일 없다는 듯 무관심해 보이는 서진의 반응에 석훈은 자신이 무엇을 해야 할지 확실히 알게 되었다.

'왜 만나야 하냐니요. 준서라는 아이, 당신이 아들이라고 생각하고 믿고 키웠을 그 아이가 죽었는데도 아무렇지 않아 보이는 모습에 화가 나네요.

내가 당신을 만나서 따질 자격이 있는지 잘 모르겠지만, 그래도 전후 사정은 들어야겠습니다.

저도 이번 일의 원인을 제공한 것 같아 준서가 죽었다는 소식을 들은 후로 한순간도 괴롭지 않은 적이 없습니다.

몇 가지 궁금한 것도 있고 드릴 말씀도 있습니다. 부탁드립니다.'

마지막에 보낸 메일을 서진이 읽었다는 것을 확인했지만 다음날까지 답장은 오지 않았다.

어쩌면 소연과 이혼하고 다른 여자를 만나 잘 살고 있을지도 모를 일이었다.

그래서 이렇게 연락하는 것 자체가 민폐일 수도 있었고, 서진이 친부가 아닌 상황에서 준서의 죽음에 대한 그의 반응은 어쩌면 당연한 것일 수도 있었다.

하지만 준서를 위해, 그리고 어쩌면 한 때 아빠로 살았을 서진을 위해 자신이 생각한 그 일을 꼭 해야겠다고 생각했다.

석훈은 본가에 가 보기로 했다. 본가에는 석훈이 쓰던 방이 아직 그대로 있고, 잘하면 8년 전에 쓰던 휴대 전화가 있을 것이다.

거기에 연락처가 저장되어 있을지 모른다는 희망이 있었지만, 연락처가 있다고 해도 그가 그 연락처를 아직 사용하고 있는지는 미지수였다.

다음날 석훈은 진경 모르게 연차를 내고 태안에

있는 본가에 내려갔다.

부모님의 식당에 들려서 오랜만에 부모님 얼굴이라도 뵐까 생각했지만, 괜히 불필요한 오해를 사지 않을까 집에 간다고 말하지는 않고 휴대 전화만 찾아가기로 했다.

출근 복장으로 터미널에 가서 태안행 버스를 탔다. 차를 가져가지 않은 것은 그만큼 진경에게 들키고 싶지 않았던 마음이 컸던 탓이다.

몇 시간을 달려 태안에 도착했고, 다시 택시를 타고 30분을 가서야 집에 다다랐다.

크지도 않은 방을 오랜 시간 뒤진 후에야 그때 쓰던 휴대 전화를 찾을 수 있었다. 석훈은 급하게 충전기를 꽂고 전원을 켰다.

오랜만에 연 보물 상자 같은 반가움을 느낄 겨를도 없이 휴대 전화의 전화번호부를 뒤지니 어렵지 않게 '대리 이서진' 이름을 찾을 수 있었다.

'찾았다!'

그 당시에 거래가 끝나고 메시지는 지웠는데, 전화번호는 지우지 않았던 모양이다. 혹시나 또 연락할 일이 있을지 모른다는 쓸데없는 걱정이 8년이 지난 지금 도움이 됐다.

석훈은 스마트폰을 꺼내 전화번호를 저장하고 메신저 어플리케이션의 프로필 사진을 확인했다.

흑백으로 된 중년 남자의 사진이 떴다.

세 번이나 만나서 관계를 맺은 소연도 한 번에 기억나지 않았는데, 딱 한 번 만났던 서진은 더 알아보기 어려웠다.

프로필 사진 속 사람이 서진인지 아닌지 가물가물했지만, 적어도 석훈이 추측하는 그의 나이와는 비슷해 보였다.

전화를 걸려다가 메시지를 보냈다.

그 전화번호의 주인이 서진이 아닐 수도 있고, 전화로 자신이 아니라고 잡아떼면 방법이 없다고 생각했다.

무엇보다 그가 어떤 반응을 할지, 그가 보이는 반응에 따라 자신이 잘 대응할 수 있을지 자신이 없었다.

'얼마 전에 이메일 보낸 사람입니다. 한 번만 만나 주시면 다시는 연락하지 않겠습니다.'

혹시 서진이 아닐 수도 있기에 자세한 내용을 메시지에 담지는 않았다.

'내일 저녁 7시. 강남역 10번 출구 앞 커피빈'

그의 번호가 맞았다. 태안까지 연차를 쓰고 온 보람이 있었다.

서진은 석훈이 자신의 전화번호를 아는 것에 부담을 느꼈는지 1시간 만에 약속 시간과 장소를 정해 보내왔다.

그렇게 하나씩 실타래를 풀어 가는 마음으로 서
울로 다시 돌아왔다. 내려갈 때의 마음보다는 가
벼웠지만 다시 그를 만날 생각에 무거움이 가시지
않았다.

3. 재회

다음 날이 되고 가지 않을 것 같았던 시간이 금세 지나가 버렸다.

만나서 무슨 말을 할지, 어떻게 말을 꺼내야 할지 아무것도 정하지 못한 채로 약속 시간이 다가오고 있었다.

진경에게는 급하게 회사 사람들과 회식이 생겼다

고 말하고 시간에 맞추기 위해 6시가 되자마자
사무실을 나왔다.

약속 장소에는 서진이 먼저 와 있었다. 메신저
어플리케이션의 프로필 사진과는 조금 달랐지만,
석훈은 한눈에 그를 알아볼 수 있었다.

다시 만날 일 없을 것 같았던 준서의 두 아버지
는 그렇게 8년 만에 재회했다.

"오랜만에 뵙습니다."

서진은 석훈이 8년 전 처음 봤을 때의 모습이
아니었다. 정장을 입고 나왔던 그때와는 다르게
세련되지 못한 캐주얼 복장이었고, 흰머리도 많은
데 염색도 하지 않아 행색도 조금 초라해 보였다.

석훈은 서진이 준서의 법적인 아버지로서 준서의
일 때문에 여기저기 피곤한 일이 생겼기 때문이라
고 생각했다.

"용건이 뭡니까?"

서진이 차갑게 노려보며 물었다.

"준서 아버님께서도 당황스러우실 거고 경황이 없으실 거라는 것도 잘 압니다. 저도 우연히 김소연 씨의 인터뷰를 보고 많이 놀랐습니다.

준서가 실종된 것도 모자라 TV에 나온 준서의 아버지가 지금 제 앞에 계신 분이 아니라는 것에 불길함을 감출 수도 없었고요."

차가운 서진의 태도를 조금 누그러뜨리기 위해, 그리고 석훈 자신이 하고자 하는 말을 꼭 전달하기 위해 그의 심정을 이해한다는 말로 시작했다.

"저도 제가 왜 이렇게 이 사건에 몰입하고 감정이입을 하는지 모르겠지만, 제가 전반적인 상황은 알고 이해해야 할 당사자라는 생각이 들었습니다.

자격이 없는 건 알지만, 고통 속에 죽어간 준서가 그렇게 된 게 다 제 탓인 것만 같아 준서에게 사죄라도 하고 싶습니다.

얼마나 고통을 느끼며 살아왔는지, 제가 준서한
테 얼마나 큰 잘못을 했는지 알아야겠습니다."

"궁금한 게 뭡니까?"

"왜 이혼하신 건가요? 두 분이 행복하게 잘 사
실 줄 알았습니다."

"본인의 죄책감을 덜기 위해 남의 상처를 잘도
건드리시네요."

"정말 죄송합니다."

"한... 4년 전쯤 이혼했습니다. 그 이후 소식은
잘 모릅니다. 방송으로 보신 것처럼 소연이가 재
혼을 한 것 같네요.

제가 준서한테 법적으로 아버지이긴 하지만 아시
다시피 생부가 아니라서 소연이도 저한테 양육비
청구 같은 건 하지도 않았고, 저도 준서를 주기적
으로 만나거나 하지 않았기 때문에 교류가 끊긴
지는 꽤 됩니다."

자신도 잘 모르는 일이니 더 캐묻지 말라는 것 같았다.

4년 전이면 준서가 네 살, 석훈의 아들 윤서와 비슷한 또래의 나이다.

네 살이 될 때까지 적지 않은 시간을 준서와 보냈을 텐데, 기른 정도 없었는지 이혼 후 한 번도 보지 않았다는 그의 말에 석훈은 더 슬퍼졌다. 준서가 서진에게도 그다지 사랑받는 아이는 아니었던 것 같다는 생각이 들었기 때문이다.

"그러면 적어도 네 살까지는 준서를 직접 키우신 건데, 한 번도 안 보고 싶던가요?"

석훈이 약간은 따지듯 물었다.

"소연이와 이혼했다고 생각하니 단 1%의 유전자도 공유하지 않은 준서에 대해 어떠한 감정도 안 남더군요."

"준서는 평생 그쪽을 아빠라고 생각하면서 살았

을 텐데, 제 아버지한테 버림 받았다고 생각했을
준서를 생각하니 마음이 찢어지네요."

 서진은 침묵했다.

 석훈은 버림 받았다는 생각을 했을 준서가 불쌍
해서 미칠 것만 같았고, 그 감정 전부를 있는 그
대로 서진에게 표출했다.

 "돈 받고 정자를 판 당신한테 들을 이야기는 아
닌 것 같은데요.

 준서 일에는 더 신경 쓰지 마시죠. 그때 돈 다
받았으면 그걸로 끝 아닌가요?

 그래도 생부라고 마음 아파하는 모습이 갸륵했고,
내가 죽어도 못 느낄 그 생부의 감정이 어떤 건지
궁금해서 오늘 당신을 만난 것뿐입니다. 그런 원
망 들으려 이 자리에 나온 거 아닙니다."

 석훈은 자신에게 쏘아붙이는 그의 모든 말이 다
맞는 말이라고 생각했다.

자신이 누군가의 잘못을 지적할 자격이 되는지에 대해 처음부터 답은 정해져 있었는지도 모른다.

자격이 안 된다는 걸 그의 입을 통해 들은 후에는 그에게 어떠한 말도 할 수가 없었다.

한참 정적이 흘렀고, 그가 다시 입을 뗐다.

"왜 이혼했냐고 물으셨죠? 솔직하게 말씀드리죠."

생물학적일 뿐이지만 그래도 자식을 잃은 마음으로 여기저기 뛰어다니는 석훈의 모습에 서진이 많은 생각이 들었는지, 흥분을 가라앉히고 석훈의 처음 질문에 답을 했다.

"준서가 태어나고 처음에는 뭐가 뭔지도 몰랐습니다.

모든 게 서툴렀고 힘들었지만, 부모가 되는 과정에서 소연이랑 더욱 돈독해지고 순간순간 행복함을 느꼈어요. 이래서 애를 낳는구나 싶었지요."

서진의 목소리가 차분해졌다.

"그런데 시간이 지날수록 내가 겉도는 느낌을 받았습니다.

내가 아무리 잘해 줘도 아이가 엄마만 찾는 모습에 내가 아빠의 냄새가 안 나기 때문은 아닌지, 아이도 본능적으로 내가 아빠가 아니라는 걸 아는 건지 싶었어요.

그리고 초반과는 다르게 소연이와의 관계도 점점 소원해졌습니다.

나와 하는 잠자리도 꺼려하는 것 같았어요. 한참 어린 당신과의 관계를 경험해서 그런다고 내 자신과 소연이를 괴롭혔습니다.

그럴 때마다 자격지심도 들었고, 그런 생각이 들수록 아내가 나 아닌 다른 남자와 관계를 맺은 사실이 또렷하게 내 머릿속에 각인되는 느낌이었습니다."

석훈은 아주 의외라고 생각했다.

자신에게 처음 연락을 준 것도 서진이었고, 처음 만났을 때 아이를 간절히 원하는 것처럼 보인 서진이었다.

냉정하고 차갑기만 할 것만 같았던 그가 자격지심이라는 감정을 느꼈다는 것도 놀라웠다.

"소연이는 내가 불임인 걸 알고는 둘이서 행복하게 살자고 했습니다. 하지만 제가 불임인 것에 계속해서 자책하고 자격지심을 갖자 어쩔 수 없이 내 제안을 받아들였던 거고요.

준서를 키우면서 불안불안하게 관계가 지속돼 오다가 언제부턴가 제가 하는 사업까지 기울게 됐습니다.

자세히 설명하긴 어렵지만, 큰 위기가 왔을 때 그동안 불안하게 유지됐던 우리 관계가 한꺼번에 무너져 내렸어요. 극복이 안 된 거죠.

그때 제가 소연이를 많이 힘들게 했습니다."

석훈에게 적대적이었던 서진의 태도는 어느새 자책과 반성으로 변했다. 8년 전과 다르게 현재 서진의 모습에서 약간의 초라함이 느껴진 상황이 이해가 됐다.

"소연이 말대로 둘이 행복하게 살았거나, 아이를 꼭 가지려 했다면 시간이 좀 더 걸리더라도 누군지 모르는 사람의 정자로 인공 수정을 할걸 그랬다는 후회를 많이 했습니다.

그랬다면 이혼까지 가진 않았을지도 모릅니다."

석훈은 진경이 자연 다큐멘터리를 보며 했던 말이 떠올랐다.

'어미 뻐꾸기가 자기 둥지에 알 낳고 간 모습을 못 봤잖아. 자기 둥지에 있는 알이니까 생긴 게 어떻든 자기 알이라 믿고 최선을 다해서 기르는 거겠지.'

석훈은 8년 전의 거래에서 '자연임신 원함'
이라는 조건을 적은 것에 대해 후회했다.

돈을 받더라도 다른 방식으로 유전자를 전달했다
면, 준서는 서진의 아들로 행복하게 자랐을 것만
같았다.

한참 서진의 말을 듣고 있던 석훈은 그의 자책
속에 준서에 대한 미안함이나 죄책감은 없다는 것
을 깨달았다.

석훈은 준서에 대해 어떠한 감정도 남지 않았다
는 그의 입장에서 어쩌면 당연할 수 있다고 생각
하고, 준서를 위해 꼭 해야만 한다고 확신한 그
일에 대해 말하기로 결심했다.

"드릴 말씀이 있습니다."

석훈이 어렵게 입을 뗐다.

"경찰이 수사가 끝나면 준서의 장례를 위해 법
적으로 아버지인 준서 아버님께 연락을 하겠지요.

김소연 씨가 부모도 형제도 없으니 그 아이의 장례는 아버님께 어떤 형태로든 부담이 될 것입니다.

아버님께서 준서에 대한 어떠한 감정도 안 남아 있다고 하시니, 제가 준서의 장례를 치를 수 있게 해 주신다면 정말로 감사하겠습니다."

석훈이 준서를 위해 할 수 있는 일은 준서가 마지막 가는 길이라도 버림받았다는 느낌을 받지 않게끔, 외롭지 않게 보내주는 것이었다.

구치소에 있을 생모 소연은 장례를 치러 줄 수 없을 것이고, 남들이 아버지라고 알고 있지만 스스로 아버지라고 생각하지 않는 서진이 장례를 치뤄준다면 이 세상 떠나는 준서가 마지막까지 비참할 것이라고 생각했기 때문이다.

그리고 그렇게라도 해야 죄책감을 갖고 있던 스스로에게 위안이 될 것만 같았다.

"저도 조금은 미안한 마음을 덜고, 준서도 자신

을 위해 울어주는 사람의 배웅을 받고 가는 게 낫
지 않겠습니까?"

서진은 아무런 말도 하지 않은 채 골똘히 고민하
는 것처럼 보였다.

"아픈 상처였을 텐데 그래도 솔직하게 말씀해
주셔서 감사드립니다. 그럼 연락 기다리겠습니다."

그렇게 석훈은 서진과의 만남에서 꼭 하고 싶었
던 말을 전하고 먼저 일어섰다.

그리고 어느 정도는 자신이 바라던 대로 될 것이
라는 기대를 가지고 집으로 돌아갔다.

Ⅳ. 2020 년 8 월 12 일

1. 섬 추모공원, E구역

석훈은 서진의 연락을 하염없이 기다렸다.

서진으로부터 연락이 오지 않을 것이라고는 전혀
생각하지 않은 채, 준서에 대한 수사 마무리가 오
래 걸려 연락이 늦는 것이라고만 생각하고 있었다.

석훈은 연락을 기다리는 동안 인근에 있는 괜찮
은 납골당을 알아보며 준서를 보내줄 날을 고대하

고 있었다.

 아내 진경에게는 평생 말할 수 없겠지만, 기일이나 생각날 때면 찾아가기 편한 인근 지역으로 준서가 쉴 곳을 정하기로 마음먹었다.

 위치와 시설이 적당한 납골당을 골라 일일이 전화를 해 가며 비용과 절차 등을 알아보던 중, 자신이 준서를 위해 결정한 사항들을 서진에게 알려 줘야겠다는 생각이 들었다.

 별다른 내용 없이 이런 곳에 준서를 머물게 할 거라는 정도의 내용을 메일에 담아 보낼 생각이었지만, 사실 답이 올 때가 된 것 같은데도 오지 않아 한 번 더 자신에게 준서를 보낼 기회를 달라고 독촉하려는 의도였다.

 서진을 만난 지 몇 주 정도가 지난 무렵이었다.

 석훈은 서진에게 메일을 보내기 위해 그와 주고받던 메일 계정으로 다시 로그인을 했다.

'안 읽은 메일 144 통'

메일 보내는 게 급한 것도 아닌지라 먼저 가득 쌓인 스팸 메일들을 지우려고 메일 수신함을 열었더니, 서진이 보낸 '위치'라는 제목의 메일이 보였다.

'이건 뭐야, 언제 보냈지?'

석훈은 메일 제목을 읽으면서부터 자신에게 어떠한 기회도 오지 않을 것임을 직감할 수 있었다.

메일을 열어보니 내용에는 석훈이 그동안 알아보았던 납골당 중 하나의 이름과 주소, 그리고 구역 번호가 적혀있었다.

'쉼 추모공원, 경기도 성남시, E구역 36번'

메일의 내용은 겨우 저 한 줄이었다.

석훈은 저 위치가 준서가 머무는 곳임을 짐작할 수 있었고, 발신 날짜가 2주 전인 것을 보며 자신에게 마지막 기회조차 주지 않은 서진이 원망스러웠다.

준서에 대한 일말의 미련이나 미안함도 없으면서 그저 석훈을 원망하는 마음에 석훈의 부탁을 거절한 것이라고 생각했다.

하지만 무작정 그를 탓할 수는 없었다. 그래도 준서가 있는 장소라도 알려준 것에 감사해야 할 따름이라고 생각했다.

다음 날 석훈은 연차를 내고 그곳으로 향했다.

여덟 살 아이가 좋아할 만한 간식을 사고, 준서를 마주한다면 어떤 말을 해야 할지 고민하며, 무거운 발걸음으로 추모공원을 향했다.

막상 마주한다면 어떤 마음일지, 무슨 말을 해야 할지 아무 생각도 나지 않았지만, 만약 준서를 향해 몇 마디의 말을 입 밖으로 꺼낸다면 자신을 아빠라고 지칭해야 할지가 가장 큰 고민이었다.

하지만 죽은 영혼이라도 출생의 비밀을 안다면 슬퍼할 것 같다는 생각을 끝으로 추모공원으로 들어갔다.

석훈이 메일에 적혀 있던 E구역으로 들어서자 자신이 납골당을 알아보았을 때 홈페이지에서 본 장면이 펼쳐졌다.

석훈이 예상한 대로 이곳에 준서가 잠들어 있었다.

36번 자리. 햇볕이 가장 잘 드는 높이로 준서가 가장 평화롭게 쉴 수 있는 좋은 곳 같았다.

그 추모공원에 잠든 다른 이들과 같이 준서의 공간에는 준서를 담은 납골함과 준서의 생전 사진. 그리고 서진이 남긴 것 같은 짧은 메시지가 있었다.

석훈은 이곳에 오면서 혹시 준서의 공간만 다른 공간과 다르게 허전하거나 초라하면 어쩌나 걱정

했지만, 그렇지 않아서 다행이라고 생각했다. 서진이 꽤 노력을 한 것 같았다.

사진 속에는 서진과 함께 웃고 있는 네 살 정도 되는 준서의 모습이 담겨 있었다.

서진의 모습도 석훈이 기억하던 세련된 아빠의 모습이었고, 준서도 천진난만한 미소를 가진 행복한 아이의 모습이었다.

준서와 서진이 웃고 있는 모습에서 행복이 묻어 났다. 과학적으로는 말도 안 되는 것이지만, 둘이 웃는 모습이 너무 닮은 것 같기도 했다.

어쨌든 준서의 삶에서 그래도 행복한 순간이 있었음에 석훈은 감사했다.

석훈은 이곳에 와서 준서를 마주하게 된다면 많이 울게 될 거라고 생각했다. 미안함과 허망함, 죄책감 등이 한꺼번에 몰아쳐 감당하기 어려울 것 같았기 때문이다.

하지만 서진 덕분에 다행인 마음과 감사한 마음이 앞서서 그런지 그렇게까지 눈물이 나지는 않았다.

한참을 서서 준서에 대해 생각하고 추모한 후 어느 정도 진정이 되자 다른 것들이 보였다.

서진이 준서에게 남긴 메시지를 천천히 읽어 보았다.

'사랑하는 나의 하나뿐인 아들 준서야. 언제나 사랑스러웠던 내 아들, 아빠가 지켜주지 못해 미안하구나. 이제는 편히 쉬렴. 아빠가 늘 옆에서 지켜줄게.'

석훈의 가슴이 찡해졌다.

'하나도 감정이 남아있지 않다고 하더니 애절하게도 써 놓았네. 이렇게 장례도 다 자기가 치를 거면서 괜히 마음에도 없는 말이나 하고.'

석훈은 서진에게 여전히 준서에 대한 애틋함이

남아 있다는 것을 느낄 수 있었다.

늘 아이에게 화내고 자책하고 그리고 또 열심히 사랑하는 것의 반복인 자신의 모습과 비교해 보며, 서진의 모습도 다르지 않았을 거라 짐작할 수 있었다.

서진도 준서를 키우면서 어떨 때는 마음에도 없이 행동했을 것이고, 그 행동에 대해 많이 후회했을 것이다. 그리고 또 어떨 때는 한 없이 아낌없이 사랑해 주었을 것이다.

준서가 마지막에는 따뜻한 아빠의 품에서 떠날 수 있었다는 것과 준서에게 짧게나마 좋은 아빠가 있었다는 사실에 안도했다.

덕분에 석훈도 이제 죄책감에서 조금은 벗어날 수 있을 것만 같았다.

"아저씨가 준서 이웃이 누군지 좀 봐야겠다."

추모공원에 오면서 준비한 말들을 예상하지 못한

전개로 하지 못한 석훈이 괜히 한 번 목소리를 내어 보았다. 그러면서 준서의 공간 주변을 살폈다.

아랫집에는 열 다섯 살의 미소가 예쁜 소녀가 잠들어 있었고, 4년 전쯤에 이곳에 온 것 같았다.

"아이고, 이 누나는 여기에 왜 이리 일찍 왔니. 주연이 누나야, 우리 준서랑 친하게 지내줘!"

윗집에는 천수를 누리신 인자하신 할아버지였다. 10년 전쯤 돌아가셨고, 생전에 다복하셨는지 자식들이 애절하게 쓴 메시지가 여러 개 붙어있었다.

'아버지 그동안 감사했고 존경했습니다.'

"김만수 할아버지, 자녀분들을 참 잘 두셨어요. 우리 준서 잘 부탁드립니다."

석훈은 계속해서 주변을 살폈다. 준서의 영혼이 머물고 있을 거라는 생각에 조금이라도 더 준서를 느끼고 싶었다.

준서의 왼쪽 공간은 비어 있었고, 오른쪽에는 일주일 전쯤 돌아가신 분이 계셨다.

'2020년 8월 10일 卒'

외롭게 살다가 혼자 가셨는지 다른 망자들의 공간에는 가득한 사진이나 메시지 같은 것들을 찾아볼 수 없었다. 그랬기에 돌아가신 날짜가 더 선명하게 읽혔다.

"준서야, 너보다 조금 늦게 오신 분이네. 이 정도면 거의 동기다 동기. 같이 잘 지내면 되겠다.

그런데 나이가 마흔 네 살이시네. 많이 젊으시다. 한창 나이인데..."

인생에서 가장 빛날 40대의 나이로 준서와 비슷한 시기에 돌아가신 그분에 대해 석훈이 안타까움을 느낄 무렵 그의 시선이 망자의 이름에 머물렀고, 석훈은 더 이상 준서에게 자신의 목소리를 들려줄 수 없었다.

‘1977년 2월 8일 生 ~ 2020년 8월 10일 卒,
이서진’

2. 卒

서진은 약속한 것처럼 곁에서 준서를 지키고 있었다.

그가 스스로 목숨을 끊은 이유가 회복하지 못한 자신의 사업 때문인지, 정말 준서와 소연과의 비극 사이에서 괴로워서였는지 정확히는 모른다.

하지만 석훈은 서진이 마음에도 없는 말을 한 이

유가 준서의 죽음에 대한 자책이 극에 달했기 때문일 것이라 생각했고, 스스로 목숨까지 던진 이유가 어쩌면 준서를 지켜주지 못한 죄책감에, 그리고 혼자 머물 준서가 외로울까 봐 그랬을 것이라는 생각이 들었다.

마치 조금이라도 늦으면 준서가 가는 길을 따라갈 수 없을 것 같아 모든 것이 정리되는 대로 서진이 서둘러 길을 재촉한 것만 같은 느낌이었다.

석훈은 그동안 자신이 윤서를 위해 희생하고 사랑할 수 있는 것은 윤서가 자신의 유전자를 물려받은 또다른 자신이기 때문이라고 생각했다.

그랬기 때문에 서진이 준서에 대해 아무 감정도 남아있지 않다고 말했을 때, 석훈은 그의 마음을 이해할 수 있었다.

하지만 그의 죽음을 보며, 꼭 유전자를 공유하는 것 때문만이 아니라 한 인간이 태어나고 성장하는 동안의 모든 순간을 공유하는 것도 누군가를 위해 희생할 수 있는 이유가 될 수 있다는 걸 깨달았다.

석훈은 준서의 납골함 앞에 놓여있던 사진 속 서진과 준서가 왜 그리도 닮아 보였는지 그제서야 이해할 수 있었다.

피 한 방울 섞이지 않은 부부나 연인이 서로 닮아 가는 것을 종종 볼 수 있다. 그것은 상대방을 아끼고 사랑하면서 자신도 모르게 상대방의 표정과 말투, 습관까지 닮아가기 때문에 서로 비슷해져 가는 것이다.

석훈은 서진과 준서가 서로에게 웃는 모습을 자주 보여 주었고, 또 그 모습에 서로가 행복을 느꼈음을 알 수 있었다.

그리고 준서의 실종과 죽음으로 인해 서진이 겪었을 고통이 자신이 느낀 그것에 비해 상상도 할 수 없을 만큼 컸을 거라는 것도 짐작할 수 있었다.

아마도 준서의 실종을 안 석훈이 혼란스러워만 할 때, 서진은 준서를 찾기 위해 거리를 헤매고 다녔을지도 모른다.

서진이 소연과 이혼 후 준서를 만나지 않은 것은 양육비도 줄 수 없는 자신의 초라한 상황과 준서에게 아무것도 해 줄 수 없는 것에 대한 죄책감 때문이었을지도 모른다.

그리고 어쩌면 서진은 가정이 깨졌을 때부터 삶을 포기하려 했지만, 준서와의 재회를 기다리며 지금까지 삶을 버텨 왔는지도 모른다.

서진이 선택한 죽음이 그가 준서에 대해 가졌을 감정과 행동에 대한 상상에 개연성을 부여해 주었다.

한참을 36번과 37번 자리 사이에 머물면서 서진의 부정(父情)을 온몸으로 느낀 후에야 석훈은 그 자리를 뜰 수 있었다.

석훈은 추모공원을 떠나기 전, 관리사무실에 들러 직원에게 전후 사정을 들을 수 있었다.

 "아, 그분... 저희도 되게 황당했어요.

 처음 저희 사무실에 오셔서 자기 아들이 머물 곳인데 가장 좋은 구역이 어디냐고 물으시길래 E구역이라고 말씀드렸어요.

 그랬더니 직접 가보시고 다시 오셔서는 두 자리를 계약하고 가셨습니다. 관리비도 20년 치 일시불로 한 번에 내셨고요.

 분명 죽은 사람이 어린 아이 한 명이라고 그랬는데 왜 두 자리를 계약하셨을까? 좀 의아스러웠어요.

 그런데 얼마 후 그 아이가 36번 자리로 들어오더니, 또 얼마 안 지나서 그분이 37번으로 들어오셨더라고요. 어찌나 마음이 안 좋던지."

 석훈은 이곳에 올 때보다 더 무거운 마음으로 추

모공원을 나왔다. 그리고 이곳에 다시 오지 않기
로 했다.

서진이 원하는 대로 영원히 두 부자(父子)가 함
께 했으면 했고, 자신이 어쩌면 그 둘 사이에 방
해가 될 수도 있을 것만 같았다.

자신이 처음부터 잘못 만들어 낸 인연의 실타래
가 결국 자기 자식과 그의 진정한 아버지까지 죽
음으로 몰았다는 죄책감이 들었다. 그리고 이 죄
책감은 아주 오랫동안 석훈을 따라다닐 것만 같았
다.

그들에 대한 죄책감에 더해 진경과 윤서에 대한
미안함도 늦게나마 생각났다.

살아있는 두 사람에게 평생 숨겨야 할 죽어있는
두 사람에 대한 이야기.

뻐꾸기 석훈이 저지른 탁란의 결말은 석훈과 네
사람 모두에게 비극으로 끝이 났다.

준서를 둘러싼 모든 감정을 자신의 마음 깊은 곳
에 묻고 집으로 돌아가는 길, 석훈은 사무치게 윤
서가 보고 싶었다.

아마도 윤서는 평생 석훈이 감당해야 할 괴로움
에서 석훈을 끝까지 버티게 해 줄 것이다.

서진이 준서의 옆에서 아버지로 영원히 자리한
것처럼, 석훈도 그렇게 다시 윤서의 곁으로 영원
히 돌아가고 있었다.

<끝>

작가의 말

 2019년, 6개월간의 육아휴직 기록을 에세이 「내가 한다! You 가 한 육아」로 출간하고, 1 년 만에 다시 책을 쓰게 되었습니다.

 에세이도 써 봤으니, 유명 예능 프로그램 이름처럼 퇴근 후 놀면 뭐하냐는 심정으로 소설을 한 편 써 보고 싶어졌고, 너무나 쉽게 생각하며 호기롭게 도전해 본 것 같습니다.

마침 12년 전에 읽은 대리부와 관련된 기사가 머릿속에 떠올랐고, 그 토대 위에 아빠가 되면서 겪고 깨달은 이야기들을 쌓아올려 현실에서 있을 법한 이야기를 만들어 보고 싶은 열정이 생겼었습니다.

하지만 얼마 지나지 않아 괜한 도전을 한 것 같다는 후회가 들었습니다. 스토리 구상과 초고 완성에 한 달이 걸렸고 퇴고만 2개월 이상이 걸렸으며, 등장인물이 느끼는 감정들을 표현력의 한계로 제대로 표현하지 못하고 삭제하는 아쉬운 순간도 많았기 때문입니다.

이 소설이 준서의 두 아버지를 중심으로 석훈의 입장에서 이야기를 풀어 나갔다면, 두 남자를 품은 소연의 입장에서 이야기를 풀어 나가는 또 다른 이야기는 어떨까 생각해 봤지만 글로 옮겨질지는 잘 모르겠습니다.

후회가 되는 순간도 있었고 한 달이면 될 줄 알

왔던 도전이 100일이 지날 만큼 오래 걸렸지만, 그래도 마무리를 하려고 하니 기쁜 마음보다는 섭섭한 마음이 큽니다.

이제 오랜 기간 밤을 함께 해온 이 소설과 헤어질 때가 된 것 같습니다.

마지막으로 이 소설을 쓰기까지 도와주신 많은 분들과 언제나 저의 도전을 응원해 주는 사랑하는 나의 아내, 그리고 아들 봄봄이에게도 감사하다는 말씀 전합니다.